Nous remercions la SODEC
et le Conseil des Arts du Canada
de l'aide accordée à notre programme de publication
ainsi que le gouvernement du Québec
– Programme de crédit d'impôt
pour l'édition de livres
– Gestion SODEC.

| Patrimoine canadien | Canadian Heritage |
| Conseil des Arts du Canada | Canada Council for the Arts |

Nous reconnaissons l'aide financière
du gouvernement du Canada
par l'entremise du Fonds du livre du Canada
pour nos activités d'édition.

Illustration de la couverture :
Ève Chabot

Maquette et montage de la couverture :
Grafikar

Édition électronique :
Infographie DN

Membre de l'Association nationale des éditeurs de livres

Dépôt légal: 3ᵉ trimestre 2013
Bibliothèque et Archives Canada
Bibliothèque nationale du Québec

1234567890 IM 09876543

Copyright © Ottawa, Canada, 2013
Éditions Pierre Tisseyre
ISBN 978-2-89633-232-8
11554

LE MONSTRE
D'OBEDJIWAN

LE MONSTRE D'OBEDJIWAN

DANIEL MATIVAT

roman

ÉDITIONS
PIERRE TISSEYRE
www.tisseyre.ca

155, rue Maurice
Rosemère (Québec) J7A 2S8
Téléphone: 514-335-0777 – Télécopieur: 514-335-6723
Courriel: info@edtisseyre.ca

Mais à peine avais-je le temps
de faire cette réflexion
qu'un sommeil irrésistible
appesantit mes paupières,
et tous les mensonges de la nuit
s'emparèrent aussitôt de mes sens.
Je les sentais égarés par de
fantastiques prestiges (…)
Je me sentais rêver
et j'avais cependant la conscience
de ne pas embrasser des songes…

Jean Potocki, *La duchesse
d'Avila, manuscrit trouvé à Saragosse*
(1804-1805)

**Catalogage avant publication
de Bibliothèque et Archives nationales du Québec
et Bibliothèque et Archives Canada**

Mativat, Daniel, 1944-

    Le monstre d'Obedjiwan

    (Collection Chacal ; 63)
    Pour les lecteurs de 14 ans et plus.

    ISBN 978-2-89633-232-8

    I. Titre II. Collection : Collection Chacal ; 63.

PS8576.A828M66 2013   jC843'.54   C2013-940658-1
PS9576.A828M66 2013

I

La montée au campe

À cette époque, je n'étais encore qu'un jeune homme un peu naïf. Voilà sans doute pourquoi j'ai eu la folie de participer à cette expédition de chasse au bout du monde… Pourtant, je n'ai jamais rien entendu aux armes à feu. D'ailleurs, je n'ai toujours pas de fusil et je répugne à verser le sang. J'ai donc dû m'embarquer dans cette histoire par pure curiosité… La volonté de fuir mon quotidien peut-être. Le désir d'oublier. Surtout après la période dépressive que je venais de traverser. Ma blonde, Manon, dont je m'étais séparé. Manon que j'aimais et qui m'aimait. Manon que j'avais rendue si malheureuse et qui, à cause de moi, avait cherché à mettre fin à ses jours en s'ouvrant les veines dans sa baignoire. Et puis tout ce qui s'ensuivit. Les visites à l'hôpital. Les larmes. Les reproches. Le doute. Les remords. Le sentiment d'être un beau sans-cœur.

Toujours est-il que j'aurais dû y réfléchir à deux fois…

Pressentiment ou simple malaise, je fus tenté dès le départ de rebrousser chemin, plus précisément dès que, à bord de cette camionnette, nous eûmes quitté la route asphaltée pour nous diriger plein nord en suivant un chemin de gravelle poussiéreux. Hélas ! il était déjà trop tard ! À combien de milles étions-nous maintenant de la dernière halte routière ? Une vingtaine au moins…

Il faut dire que j'avais mes raisons de ne pas être rassuré. Le pick-up dans lequel j'avais pris la place du passager roulait à tombeau ouvert. À un tel point que, dans chaque courbe, il dérapait en chassant des roues arrière et zigzaguait dangereusement avant de retrouver le milieu de la chaussée défoncée et de reprendre sa course folle.

Le chauffeur s'appelait Réal Boulé, un *trucker* de la Côte-Nord, ouvrier de la construction à la Baie-James, guide de chasse à ses heures… Il avait l'air mécontent que le tirage au sort[1] m'ait désigné comme son compagnon de route. Petit homme sec et trapu

---

1. Dans les expéditions de chasse, il arrive souvent qu'on tire au sort les équipes qui feront le voyage ensemble.

aux cheveux rares mi-poivre, mi-sel, une casquette du Canadien rivée sur le crâne, le coude à la fenêtre et la cigarette au coin des lèvres, il conduisait en écoutant sa radio qui jouait à plein volume des chansons country.

Au bout de quelques heures de voyage sans desserrer les dents, il daigna baisser le son et me jeta un coup d'œil narquois, visiblement amusé de me voir cramponné à mon siège.

— Ça va? Pas trop secoué? Ça brasse un peu, mais attends de voir plus haut… Tu trouves peut-être que je vais vite, mais les nids de poule, c'est mieux quand on roule à la planche, on les sent moins.

Livide et l'estomac barbouillé, je hochai la tête pour lui faire comprendre que je tenais le coup tout en l'invitant à ne pas quitter la route des yeux trop longtemps.

Il se mit alors carrément à rire et, sans prendre garde aux camions chargés d'énormes billes de bois qui faisaient hurler leur klaxon en nous croisant à un train d'enfer, il décapsula une bouteille de bière avec ses dents. Bouteille qu'il entreprit de vider à longues gorgées, la coinçant entre ses cuisses lorsque, dans les virages plus serrés, il n'avait pas

11

d'autre choix que de tenir le volant à deux mains.

À trois ou quatre reprises, nous frôlâmes la catastrophe et, chaque fois, j'échappai des cris de frayeur. Puis, prenant conscience de ma totale impuissance, je me résignai à confier ma vie à ce trompe-la-mort et, décidé à faire contre mauvaise fortune bon cœur, je m'efforçai même de tenir avec lui un semblant de conversation. Je fis mine de m'intéresser au paysage qui défilait autour de nous. C'était une succession désolante d'épinettes noires, de swompes[2] desquelles émergeaient des chicots d'arbres morts, de petits lacs sans nom, des collines à demi chauves et d'immenses brûlés[3] que des populations de bouleaux et de jeunes trembles tentaient par endroits de retransformer en savanes jaunies par les chaleurs de l'été précédent.

Je demandai à Réal pourquoi toute la région semblait avoir été changée en désert. Il répondit en haussant les épaules.

— C'est à cause des coupes à blanc. Les compagnies sont passées par là il y a quelques

2. Tourbières ou marécages.
3. Un brûlé est une portion de forêt incendiée ou dévastée par des feux allumés par la foudre.

années et elles n'ont rien laissé. Juste un rideau d'arbres le long des routes et au bord des lacs pour donner l'impression à ceux qui circulent sur les chemins ou sur l'eau que la forêt existe encore…

Je voulus exprimer ma révolte devant un tel saccage.

Il haussa de nouveau les épaules et écrasa son mégot dans le cendrier de la camionnette.

— C'est comme ça que ça marche par icitte et puis, c'est pas mauvais pour la chasse. Les orignaux et les chevreux aiment bien brouter les jeunes pousses de feuillus.

Un voyant rouge se mit à clignoter au tableau de bord. Réal balança sa bouteille de bière vide par la fenêtre.

— Va falloir s'arrêter pour gazer !

Quelques milles plus loin, sans crier gare, il vira en trombe à gauche et, dans un grand nuage de poussière, nous stoppâmes devant l'unique pompe d'un modeste resto-bar construit en rondins au milieu de nulle part.

Réal sortit en s'étirant, les deux poings sur les reins.

— C'est la dernière place où on peut tinquer. Profites-en pour te dégourdir les pattes et aller pisser.

Dans le stationnement étaient alignés plusieurs autres véhicules, surtout des quatre-quatre et des pick-up couverts de boue séchée jusqu'à mi-caisse. Sur le toit de l'un d'eux était attachée une tête d'élan ensanglantée.

Réal examina celle-ci avec une lueur d'envie dans le regard, puis il gravit lourdement l'escalier de bois du restaurant et poussa la moustiquaire de l'entrée.

Je le suivis.

Aux tables étaient assis quatre ou cinq chasseurs en vestes à carreaux rouge et noir. Ils parlaient fort et riaient grassement en échangeant des bourrades amicales ponctuées de jurons sonores.

Une jeune serveuse aux cheveux décolorés, en talons hauts et en jupe courte les écoutait d'une oreille distraite tout en mâchant de la gomme. Sur demande, elle leur apportait des plateaux chargés de chopines de bière qu'ils payaient avec des billets de dix sans jamais réclamer leur monnaie.

— Rien que des maudits chasseurs de taverne ! railla Réal.

Au mur, derrière le comptoir, était accrochée une ardoise où on pouvait lire, écrit à la craie :

Bucks, 15.
Femelles, 10.
Veaux, 4.

Je compris qu'il s'agissait du tableau de chasse officiel de la ZEC sur lequel les hommes de la région inscrivaient le nombre de bêtes abattues.

Réal tapa dans le dos d'un de ces types.

— Salut, mon Richard ! Comme ça, mon sacrement de chanceux, t'as tué !

— Ouais, mon chum, et un beau ! T'as vu le panache sur mon char. Cinquante-huit pouces. Un buck[4] de dix ans. C'est pas pour t'écœurer, mais c'est pas demain la veille que tu vas en tirer un pareil.

Réal fit signe à la serveuse de lui servir une bière qu'il ouvrit d'une poigne experte et leva à la santé de son ami et des autres ivrognes écrasés sur leurs chaises.

— Pas sûr, mon Richard ! Pas si sûr ! J'ai pas dit mon dernier mot ! Surtout que, cette année, on nous a octroyé un bon territoire dans le bout d'Obedjiwan.

— Obedjiwan ! s'écria le chasseur d'un air goguenard. Penses-tu sortir le « monstre » du bois ?

---

4. Surnom de l'orignal mâle.

— Le monstre ? Quel monstre ?

— Comment, tu n'es pas au courant, mon Réal ? Il y aurait, dans ce coin-là, le plus gros buck jamais vu. Tu ne lis pas le journal local ? On a fait un article sur lui avec une photo un peu floue. Incroyable ! Soixante pointes[5], à ce qu'ils disent ! Tu te rends compte ! Là, mon Réal, tu ferais une sacrée gang de jaloux !

Ce dernier approuva en calant le reste de sa bouteille et prit congé en saluant la compagnie, deux doigts sur le rebord de sa casquette.

— C'est pas qu'on s'ennuie, mais on a encore une bonne run à faire. Viateur et Gaétan doivent déjà nous attendre au barrage ! Salut bien, les gars !

Puis, il se tourna vers moi :

— Et toi, le jeune, tu es prêt ? Allez, on y va.

Nous reprîmes la route.

Ma crainte était maintenant que, sous l'effet de l'alcool, mon sans-dessein de chauffeur ne s'endorme au volant et ne prenne le fossé.

---

5. On appelle *pointes* les cors ou les épois qui garnissent les andouillers des orignaux, lesquels s'élargissent en larges palmures. Le nombre de pointes dépasse rarement la trentaine.

Dès que je le voyais cogner des clous, dodeliner de la tête ou fermer les yeux, je l'interpellais sur un sujet quelconque ou je produisais volontairement un bruit en toussotant ou en fredonnant un air afin de contrer l'état de somnolence qui le gagnait peu à peu.

Nous roulâmes ainsi pendant encore deux bonnes heures avant d'atteindre le lieu de rendez-vous où nous attendaient pour le dîner nos deux autres partenaires de chasse. Bottés, casquettés et le dossard orange sur le dos, ceux-ci sortirent de leurs camionnettes pour nous accueillir avec de grands gestes. Ils avaient, eux aussi, la bière à la main et affichaient la mine réjouie à l'excès de gens passablement éméchés.

Les deux hommes échangèrent avec moi des poignées de main à m'écraser les phalanges.

— Gaétan Brochu, enchanté de faire ta connaissance.

— Et moi, c'est Viateur Villedieu. Comment vas-tu ?

Je me présentai à mon tour en observant les deux compères qui se lancèrent dans une discussion à bâtons rompus avec Réal. Je pus ainsi me faire une idée de ces nouveaux personnages.

Le premier était un ingénieur à la retraite qui avait justement travaillé sur le barrage au pied duquel nous avions fait halte. C'était un bonhomme bedonnant au visage couperosé et au souffle court qui parlait fort et affichait une certaine suffisance. Le second avait été directeur d'école. Un grand escogriffe encore solide, mais qui devait avoir près de soixante-dix ans. Il portait un collier de barbe et s'exprimait avec la voix doucereuse d'un curé défroqué dont chaque geste trahissait une sorte de nervosité maladive.

Nous mangeâmes sur le pouce quelques sandwiches en nous passant à la ronde un sac de croustilles.

Réal, qui n'avait pas très faim, préféra aller examiner les armes que ses amis avaient plantées contre la portière d'un des véhicules. Il revint avec une carabine dont il fit jouer la culasse.

— Tu t'es acheté un nouveau gun, mon Gaétan ?

— Oui, une trois cent huit Winchester.

— Et toi, mon Réal, qu'est-ce que tu as apporté ? Pas ton antiquité ? lança Viateur.

— En plein ça ! J'ai toujours mon vieux Mauser de l'armée allemande. Avec ça, mon chum, même à quatre cents mètres, tu ne manques pas ton coup.

— C'est une arme prohibée, tu le sais… Un jour, tu vas te faire pogner par les gardes, intervint encore Viateur.

Réal cracha, l'air indifférent.

Gaétan se tourna vers moi et s'enquit avec une pointe d'ironie :

— Et toi, mon Justin, tu chasses avec quoi ?

Je m'excusai avec le désagréable sentiment de subir une espèce d'examen.

— Je n'ai pas d'arme. J'avais juste envie de passer quelques jours dans le bois…

— Tu pourras toujours cueillir des bleuets, s'il en reste… gloussa Gaétan tout en grignotant les dernières croustilles puisées au fond du sac que lui tendait Réal.

Les trois hommes sourirent à cette plaisanterie et échangèrent un regard complice qui augmenta mon malaise. De toute évidence, j'étais déjà exclu de leur confrérie virile où chacun avait reçu depuis belle lurette le baptême du feu et du sang versé.

Afin de dissimuler mon agacement, je m'empressai d'orienter la conversation vers un autre sujet et fis mine de m'intéresser à l'imposant ouvrage de béton qui barrait la rivière presque à sec au bord de laquelle nous nous étions assis pour pique-niquer.

Ce fut Gaétan, l'ancien ingénieur, qui daigna venir à mon secours en m'apportant quelques précisions que je fis semblant d'écouter avec application.

— Ah oui, le barrage[6]… Vous avez vu dans quel état il est ? Chaque année, c'est pire… Un vrai scandale. Regardez ces fissures. Il suinte de rouille. Les pelles lèvent mal. On a construit ça il y a plus d'un siècle. Un jour, moi je vous le dis, il ouvrira et vous verrez : les millions de mètres cubes du réservoir balaieront la vallée et noieront tout le monde en bas…

Étonnamment, cette perspective apocalyptique sembla n'émouvoir personne. Viateur s'était couché dans l'herbe pour un petit somme. Quant à Réal, il se leva pour aller

---

6. Le barrage Gouin, baptisé en l'honneur du premier ministre Lomer Gouin, fut construit en 1918 sur le rapide La Loutre par la Shawinigan Water and Power Company. Haut de 26 m et large de 500, il retient un immense réservoir de 1780 km² formant une multitude de lacs et d'îles offrant 5600 km de rivages.

jusqu'à son camion et en revint avec son propre fusil qu'il entreprit de nettoyer tout en s'amusant à le pointer à plusieurs reprises vers le ciel, comme s'il visait un gibier invisible ou Dieu lui-même.

Décidément, cette interminable montée au campe, loin dans la forêt, à des centaines de milles de toute civilisation, avait une curieuse influence sur ces hommes. On aurait dit que ce retour à la nature sauvage émoussait leur humanité et réveillait en eux quelque chose de primitif et de violent qui canalisait toute leur énergie de manière obsessive vers un seul objectif : tuer l'orignal le plus imposant auquel on puisse rêver, transformé dans leur imagination en une sorte d'animal mythique. Un animal dont le sacrifice sanglant raviverait leur virilité chancelante et, surtout, leur ferait oublier, pour un moment, le vide de leur existence parfaitement médiocre.

Une heure plus tard, les trois camionnettes redémarrèrent, formant cette fois une espèce de convoi au sein duquel chacun essayait, par jeu, de doubler le véhicule qui le précédait. Réal, ivre, avait refusé de me laisser conduire et prenait grand plaisir à cet exercice aussi périlleux que stupide qui le poussait à courir des risques insensés. Vingt fois, nous faillîmes quitter la route ou frapper de plein fouet un camion venant en sens inverse.

Soudain, sorti de nulle part, un chevreuil traversa devant nous à bonds rapides. Réal l'évita de justesse au prix d'un tête-à-queue qui nous expédia dans le fossé où nous piquâmes du nez avant de nous embourber dans le sol trop mou du bas-côté. Le choc fut brutal et, malgré ma ceinture, je me cognai rudement le front sur le pare-brise. Réal lâcha une bordée de sacres et, furieux, tenta de reculer en donnant des coups d'accélérateur rageurs. Les roues arrière tournèrent dans le vide et la manœuvre ne fit que nous enfoncer un peu plus dans la bouette.

Viateur et Gaétan, qui nous suivaient, stoppèrent pour nous dépanner. Par bonheur, l'une de leurs camionnettes était munie d'un treuil à l'avant et réussit à nous sortir promptement du bourbier en nous halant à l'aide d'un câble d'acier.

Bien entendu, pendant toute cette humiliante opération, nous eûmes à essuyer les moqueries de l'ingénieur et du directeur d'école qui trouvaient la situation du plus haut comique.

Réal, lui, fulminait et cognait à deux mains sur son volant, insulté noir.

Il se pencha vers l'arrière de mon siège et m'ordonna :

— Taboire ! Passe-moi mon gun ! J'vais les tirer, ces deux tarlas !

Il était très sérieux et, comme je ne bougeais pas, il s'étira pour s'emparer de son fusil. Je lui arrachai l'arme.

— Vous êtes devenu fou, ou quoi ? Lâchez-moi ça !

— Sacrement, ils l'auraient bien mérité… J'haïs ça qu'on me prenne pour un cave !

Une fois dégagés, nous repartîmes. L'accident avait apparemment dégrisé mon irascible chauffeur qui, durant le reste du trajet, ne desserra pas les mâchoires, fonçant à pleine vitesse sans se donner la peine de contourner les trous ni de ralentir quand la voie en « planche à laver » nous secouait à nous extirper de nos sièges.

Malgré les secousses, je somnolais depuis un bon moment quand je fus réveillé par un frottement de branches d'arbre sur les côtés de la cabine. Nous avions quitté la route principale pour nous enfoncer dans un bois touffu où le chemin se réduisait à deux ornières qui se perdaient au milieu des fougères. Soudain, nous débouchâmes sur un lac semé d'îles qui s'étendait à perte de vue sous un ciel chargé de nuages gris. Deux hydravions étaient amarrés à un quai monté sur des barils flottants.

Réal avait retrouvé sa bonne humeur et, une fois les pick-up déchargés, nous fîmes la navette jusqu'à une petite baie pour y transférer nos glacières, nos sacs à dos, les armes et les jerricanes d'essence. Là, caché sous des sapinages et des bâches de camouflage, nous attendait un grand canot enchaîné à une souche. C'était un *freighter*[7] de vingt pieds peint en blanc que nous mîmes à l'eau, non sans difficulté, en le faisant glisser sur des rouleaux. Enfin, nous prîmes le large, accompagnés par le ronflement puissant des deux moteurs jumeaux fixés à l'arrière de l'embarcation.

La journée tirait à sa fin. Le vent était tombé et le lac sur lequel nous naviguions était pareil à un miroir dont nous brisions la surface lisse en laissant derrière nous un large

---

7. Canot de charge utilisé par les Amérindiens et les travailleurs du Nord.

sillage qui allait mourir en petites vagues sur les rives abruptes des innombrables îles entre lesquelles nous nous faufilions. Des îles étranges, coiffées d'épinettes roussies entremêlées de troncs blanchis d'arbres morts. Des îles sans vie que nous évitions comme si elles représentaient un mystérieux danger.

À plusieurs reprises, dans les passages plus étroits, je remarquai que Viateur, posté à la proue, faisait signe à Réal de ralentir. Il se penchait sur l'eau et indiquait tantôt de barrer à droite, tantôt de gouverner plus à gauche sans que je saisisse pourquoi.

Gaétan, qui partageait le même banc que moi, tâcha d'éclairer ma lanterne :

— C'est à cause de la tête des arbres…

Il vit que je ne comprenais pas davantage.

— Oui… à cause de la forêt engloutie. Quand on a mis le barrage en eau, la compagnie ne s'est évidemment pas donné la peine de raser les vallées et les pentes qui allaient être submergées, si bien que tout est encore là, en dessous, à pourrir lentement… La cime des plus hauts arbres est parfois juste à fleur d'eau. Des canots se sont déjà éventrés en passant dessus. Et tout le bois qui se décompose peu à peu libère du poison. Les

Indiens prétendent que le réservoir entier est maudit[8].

— Mais alors, toutes ces îles…

— Eh oui, ce ne sont pas vraiment des îles. Ce sont des sommets de montagnes. Le reste est sous l'eau. Sans compter que là-dessous se trouvent aussi plusieurs villages et même des cimetières avec leurs morts[9]. Les Sauvages qui habitaient là ont été relogés ailleurs. À Obedjiwan. Ils n'avaient pas un mot à dire à l'époque. Pouvaient bien crever.

Cette révélation eut sur moi un effet immédiat. Tout à coup, je ne vis plus le paysage de la même manière, et ce dédale d'îles et de lacs qui m'avait d'abord séduit par sa beauté apparemment inviolée me parut l'image même de la désolation. Pire encore, il me sembla que la nature environnante avait

---

8. Lorsqu'un barrage est construit et qu'un territoire est inondé, la pourriture des végétaux sous l'eau génère du mercure de méthyle. Dès lors, ce poison s'accumule dans la chaîne alimentaire. Ainsi, autour des années quatre-vingt, beaucoup de communautés autochtones furent informées qu'elles ne pouvaient plus pêcher pour subsister, la chair des poissons étant devenue toxique.

9. Le barrage noya notamment le grand lieu de rassemblement estival des Attikameks, Kikendatch, où se trouvaient plusieurs installations permanentes dont une chapelle et un poste de la Baie d'Hudson.

quelque chose d'hostile et je réprimai un frisson.

À cet instant, coïncidence ou non, le canot fut secoué par un choc violent et la coque émit un long grincement sinistre.

Réal gronda à l'intention de Viateur :

— Tu peux pas faire attention, espèce d'innocent! On en a accroché un. Tu veux nous nayer!

Viateur ne répondit pas. La réplique, qui me glaça le sang, parut plutôt provenir des profondeurs du lac. Des cris ululés aux accents désespérés. Des cris presque humains...

— Qu'est-ce que c'est? m'étonnai-je.

Réal se mit à rire.

— Rassure-toi, le jeune. Y'a pas d'esprits du lac. Regarde les deux points noirs, là-bas. Juste des plongeux[10] qui s'appellent. Drôles de chants, hein? On dirait qu'ils pleurent...

---

10. Nom populaire du huard.

II

Les rois de la Terre

Obedjiwan, où nous accostâmes à la nuit tombante, était une réserve attikamek[11].

Réal avait tenu à y faire une courte escale pour prétendument régler certaines «affaires» sur place. Curieusement, il insista pour que nous le laissions seul le temps qu'il s'acquitte de celles-ci.

Un Indien aux cheveux longs et à forte carrure l'attendait effectivement au bout du quai. L'homme ne répondit pas à mon salut

---

11. Obedjiwan, ou «poisson blanc» en langue autochtone, est une réserve très isolée de 2 100 habitants au nord du réservoir Gouin. Elle compte 294 maisons réparties sur un territoire de 9 km². Les villes les plus proches sont Roberval (350 km) et Chibougamau (143 km) à 4 ou 5 heures de route par des chemins de terre. Comme beaucoup de réserves, elle souffre de surpeuplement et on peut compter jusqu'à 20 personnes par logement. Cette promiscuité est source de nombreux troubles sociaux.

et ignora également Gaétan et Viateur, bien qu'il nous fixât tour à tour, droit dans les yeux, avec une moue de dédain.

Pendant que nous quittions le canot, Réal tendit à l'inconnu une caisse en échange de laquelle il empocha discrètement ce qui me sembla être une liasse de billets.

Gaétan manifesta sa mauvaise humeur:

— Qu'est-ce qu'il trafique encore, celui-là? Un jour, il va nous mettre dans le trouble et ça va mal finir…

Viateur se contenta de hausser les épaules.

— C'est pas notre maudit problème. On se retrouve dans une heure. Moi, je vais au magasin du coin. J'ai besoin de cigarettes et d'une boîte de balles hors taxes!

J'avais déjà visité plusieurs réserves. Certaines avaient l'apparence de coquets villages de banlieue avec leurs bungalows proprets et leurs terrains gazonnés. D'autres suaient la misère crasse avec des taudis aux fenêtres pourries, des cours remplies de carcasses d'autos rouillées et des enfants presque nus dans la froidure, assis sur les marches des galeries branlantes.

Obedjiwan était un mélange des deux. Quelques centaines de maisons en clabord[12] d'aluminium vert, beige ou gris mêlées à des cabanes délabrées, perdues au milieu des fardoches et des poubelles renversées dont les chiens errants se disputaient les déchets.

En compagnie de Viateur, je remontai ce qui semblait être la rue principale. Un chemin poussiéreux aux intersections duquel s'élevaient des panneaux tout croches où l'inscription *nakai* avait remplacé le traditionnel « arrêt », ce qui n'avait pas l'air d'impressionner les ados qui surgissaient en trombe à bord de VTT et qui nous croisaient en nous insultant ou en nous adressant des bras d'honneur. Nous atteignîmes ainsi le centre du village où se dressait une église à toit rouge et clocher blanc ornée en façade d'une étoile, d'un grand crucifix et d'une statue de la Vierge. Un peu plus loin se trouvait l'école dans la cour de laquelle des jeunes encapuchonnés dans leur kangourou nous regardèrent passer d'un air méfiant en s'échangeant des cigarettes.

Le reste est flou dans ma mémoire. Seules quelques images me reviennent. Un mur en

---

12. Déformation de l'anglais *clapboard*. Revêtement traditionnel des maisons américaines sous forme de déclins de planches ou de feuilles d'aluminium.

 31

ruine barré d'un graffiti rageur tracé à la peinture rouge : «*Fuck* la police ! Estie !» À quelques pas de là, complètement *stone*, une adolescente qui titube avec un bébé dans un *nagan*[13] et qui nous sourit de façon équivoque. Un char de police qui passe à vive allure, son gyrophare allumé. Deux ivrognes qui se battent, l'un fracassant sa bouteille de bière sur le crâne de l'autre qui se met à saigner. Le policier qui débarque et cherche à les séparer. L'agresseur qui s'enfuit. Viateur tentant de venir en aide au blessé qui le repousse en le menaçant du poing et en lui crachant à la figure.

— Toi, je sais qui tu es, mon tabarnak ! Ne me touche pas ou je te pète la yeule !

La scène se fige une seconde. Viateur semble reconnaître cet homme. On dirait que cette rencontre éveille en lui des souvenirs pénibles. Il revient vers moi.

— Vous le connaissez ?

— Non, je ne crois pas…

Ce dont je me souviens, par contre, c'est qu'il se lança alors dans un long discours

---

13. Beaucoup de femmes autochtones transportent encore leur bébé sur le dos dans un *nagan* ou *tiki-nagan*, c'est-à-dire un porte-bébé de bois et de babiche.

contre les Autochtones. Un monologue dont la virulence me fit penser que ce n'était qu'une manière de se disculper de quelque faute commise, sinon de quelque crime enfoui dans son passé.

— Les maudits Sauvages, grommela-t-il entre ses dents. Y'a rien à faire avec eux. J'les ai eus comme élèves quand j'étais directeur à Amos. Rien que de la mauvaise graine. Veulent pas apprendre. Ça boit. Ça bat leur femme. Ça engrosse les filles. Ça fait tellement de p'tits qu'y savent plus lesquels sont à eux et lesquels sont au voisin. Ça attend juste les chèques du gouvernement pour se paqueter encore.

Comme je ne pipais mot, il se rendit compte que je n'endossais pas ces clichés racistes et n'insista pas davantage. Il consulta sa montre.

— Nous ferions mieux de retourner au canot.

Il nous fallut encore au moins deux heures pour rejoindre le campe. La nuit tombait et naviguer sur ces eaux noires, sans la moindre lumière pour rappeler une présence humaine, avait quelque chose d'angoissant. Viateur

alluma une lampe torche et le faisceau lumineux balayant les ténèbres ne révéla que des
grèves désertes et des bouts de forêts impé-
nétrables. J'eus la nette impression que nous
avions définitivement quitté le monde des
hommes pour nous enfoncer dans un univers
inquiétant marqué par d'anciennes souf-
frances et des blessures muettes. D'ailleurs,
je ne devais pas être le seul à éprouver cette
crainte superstitieuse, car depuis un bon
moment, personne n'avait ouvert la bouche.
Réal avait ralenti les moteurs et la brume,
telle une main diaphane aux longs doigts
effilochés, semblait chercher à s'emparer du
canot. Viateur, toujours posté à l'avant,
continuait de braquer sa lampe sur l'épaisse
forêt que nous longions. Soudain, il éclaira
un chalet de bois rond, juché au sommet d'un
promontoire, sur une île plutôt vaste reliée à
la terre par un isthme.

— C'est là ! s'écria-t-il.

Chacun retrouva pour un temps sa bonne
humeur et je dois avouer que j'éprouvai moi-
même un sentiment de soulagement extrême
à l'idée d'avoir un toit pour passer la nuit.

— Enfin ! soupira Réal. Y fait noir comme
chez l'loup et y'a pas mal de roches dans
l'boutte.

— Sans compter que le temps se mor-pionne! renchérit Gaétan.

Le vent venait effectivement de se lever, charriant d'abord quelques flocons de neige, puis soufflant en rafales. Toute la forêt alentour parut alors se réveiller en poussant un long mugissement auquel répondit le fracas des vagues du lac qui se brisaient sur la plage de cailloux ronds où nous venions d'aborder.

Du coup, il se mit à neiger à plein ciel.

Une fois à terre, le sentier glissant qui menait au chalet s'avéra vite difficile à suivre au milieu des buissons et des branches de sapin qui nous fouettaient le visage. Dans ces conditions, décharger le canot et transporter notre barda devint si pénible et si préoccupant que je ne remarquai pas tout de suite l'étrangeté des lieux.

Ce n'est que lorsque Réal entreprit de déverrouiller la porte du campe que je fus frappé par certains détails insolites. La porte, par exemple, n'était pas une porte ordinaire. Elle était renforcée par des traverses de fer, elles-mêmes munies de cadenas impressionnants. Mais ce n'était pas tout. Les fenêtres, elles aussi, étaient munies de solides barreaux et de volets métalliques donnant à la bâtisse entière l'allure d'un véritable bunker.

À l'intérieur, même étonnement. Tous les meubles et objets étaient soit enchaînés, soit soudés ou vissés aux planchers et aux murs. Les chaudrons, les bombonnes de gaz, les lits étagés, les chaises, la table, les seaux, la cafetière, tout.

Voyant mon air interloqué, Réal m'apprit la raison de ce déploiement de précautions digne d'une prison.

— C'est à cause des Sauvages. Si on ne barre pas, si on n'attache pas tout y z'entrent et y s'servent. Y disent que l'territoire est à eux. Sont tout l'temps en train de rôder dans l'coin. Comme des bêtes puantes qui fouillent dans les poubelles.

Gaétan, qui rentrait à ce moment-là avec son sac à dos et une paire d'avirons, approuva:

— Oui, et cette année, ils se sont encore essayés. Tu iras voir dehors. Ils ont voulu ouvrir un passage dans les billots du mur de côté avec une chainsaw, mais avec les tiges d'acier qu'on avait enfoncées dans les joints, ils se sont cassé les dents…

Réal alluma un fanal. Viateur sortit pour faire démarrer la génératrice à essence. Toutes les ampoules électriques inondèrent en même temps le chalet de leur lumière crue. Ce qui n'empêcha pas Gaétan d'installer une lampe à propane et quelques bougies comme si cette débauche de clarté était nécessaire pour repousser les démons de la nuit et affirmer que nous avions bien pris possession de l'endroit.

Dehors, maintenant, faisait rage une tempête d'une force incroyable pour la saison. La neige mêlée de grésil mitraillait les vitres et s'insinuait sous la porte. Mes trois compagnons avaient déjà ôté leurs bottes et leur ciré de chasseur. Bientôt, une bonne odeur de soupe et de pain grillé envahit la pièce. Le poêle à bois chargé de bûches jusqu'à la gueule se mit à ronfler, diffusant une chaleur réconfortante.

Réal sortit de son sac à dos une bouteille de gros gin De Kuyper et remplit trois des quatre verres qu'il avait alignés sur la table. Il se tourna vers moi.

— Tu en veux, le jeune?

— Non merci, je ne bois pas…

— Allons, juste pour trinquer. Fais pas ton smatte.

J'acceptai pour ne pas le froisser.

— Juste une goutte alors…

Il emplit mon verre à ras bord et leva le sien pour porter un toast :

— À nous! Et à celui qui tuera le premier cette année!

— Oui! Et un gros buck! Qui sait: peut-être le fameux monstre d'Obedjiwan. Soixante cors, d'après ce que j'ai entendu, dit Gaétan en brandissant son verre. Ça vaut combien, un panache pareil? Pour moi: dans les six chiffres!

Les verres s'entrechoquèrent et tout le monde fit cul sec.

— Ah! Ça fait du bien par où ça passe! se délecta Réal en faisant claquer sa langue de plaisir. Moi, si j'abats ce monstre, pas question de vendre ses bois. J'fais empailler sa tête. La fierté d'un homme, ça n'a pas de prix.

Cela dit, il remplit de nouveau les verres et, cette fois, ce fut Viateur qui éleva le sien en direction d'une vulgaire casquette sale suspendue à un clou planté sur une des poutres du plafond.

— À la mémoire de ce vieux gripette de Conrad qui est mort comme il a vécu, un doigt dans l'nez et l'autre dans l'c…

Comme je ne comprenais pas le sens de cet hommage singulier, Réal se fit un plaisir de me renseigner:

— Conrad venait souvent chasser avec nous. C'était un gros porc qui pensait juste à se goinfrer. Une bedaine de bière grosse comme ça! Y suait. Y pompait en montant au campe. Y buvait son quarante onces de fort tous les jours. Fumait le cigare. Féquentait les bars de danseuses et se payait des danses privées... Un maudit bon gars! Y faisait toujours des jokes. On lui disait: «Conrad, tu vas finir par péter au frette...» Y riait. Pis un matin, y s'ouvre une bière pour déjeuner et paf, la crise cadillac! Pâle. Les yeux sortis de la tête. Y s'est pogné l'bras qui lui faisait mal en diable et y'est tombé la face dans son bol de céréales. Y'est mort juste là où t'es assis, mon Justin.

Je ne pus m'empêcher de demander:

— Et vous n'avez rien tenté pour le sauver?

— Bin sûr qu'on a essayé! On est descendus à la pourvoirie qui est plus bas. On leur a donné nos coordonnées pour qu'y envoyent l'ambulance aérienne. Tiens: sont encore collées sur le frigo: latitude 48^0 $13'$ $53''$ Nord, longitude 74^0 $52'$ $5''$ Ouest. Seulement, quand l'avion a amerri sur le lac Kawawiekamak, juste en face, Conrad était déjà raide. Y l'ont emporté, mais on a gardé sa casquette. C'est un peu comme s'il était encore là... Pis faut pas s'le cacher, c'est comme ça qu'on voudrait tous mourir... Pas vrai, les gars?

Au troisième verre, les langues se délièrent un peu plus et, cette fois, ce fut Gaétan qui prit la parole.

— Sais-tu, le jeune, pourquoi on monte ici chaque année? Pourquoi on transpire sang et eau pour se payer une semaine dans un campe perdu en plein bois? Parce qu'ici, on est seuls au monde. On est les rois de la Terre. Les maîtres de l'Univers. On peut sacrer à faire tomber le bon Dieu de son trône et choquer les anges au point d'en avaler leur trompette. On peut cracher, péter, pisser en plein vent. Passer des jours sans se laver. Se baigner tout nus dans le lac. On peut raconter n'importe quoi. Personne pour te juger. Tout ce qui se fait et se dit ici reste ici. Pas de lois. Pas de femmes. Pas de police. Pas de boss. La liberté! La liberté totale...

À l'extérieur, la tempête avait encore augmenté. Le vent sifflait dans la cheminée et les murs craquaient comme les membrures d'un navire ballotté par une mer déchaînée.

Un volet se mit à claquer. Réal sortit pour le refixer. Il revint, transi de froid et couvert de neige.

— Sacre! On gèle! Jamais vu un temps pareil si tôt en automne!

Les cognements reprirent de plus belle. Réal, mécontent, renfila sa bougrine[14] et s'apprêta à ressortir.

Viateur l'arrêta.

— Non. Écoute! C'est pas les volets… Il y a quelqu'un à la porte!

— As-tu oublié où on est? Pis t'as vu l'heure! s'exclama Réal. Qui serait assez maillet pour traîner dehors par ce temps-là?

Les coups redoublèrent. Des coups bien détachés qui produisirent sur la porte blindée un son sourd comme ceux du régisseur et de son brigadier annonçant le début d'une pièce tragique[15].

Viateur se dressa, saisi d'effroi.

— Vous entendez? Je n'ai pas la berlue.

Réal empoigna son fusil, le chargea et le pointa en direction de la porte.

— Ouvre!

---

14. Manteau ou vareuse d'hiver.
15. Traditionnellement, au début d'une pièce de théâtre, le régisseur de plateau frappe la scène trois fois avec un bâton appelé *brigadier*.

Viateur s'exécuta malgré les protestations de Gaétan... Il ôta le verrou et tourna lentement la poignée. Le vent alourdi de neige tourbillonnante ouvrit la porte à la volée sans qu'il puisse la rattraper. Dans l'embrasure se dessina alors la silhouette d'un homme. Un vieil Indien vêtu d'une veste de daim frangée, passée sur plusieurs chandails, et chaussé de bottes de caoutchouc. Sa tête était nue et son visage était si ridé qu'on distinguait à peine ses yeux.

Il prononça quelques mots dans sa langue et, au geste qu'il esquissa de la main, je compris qu'il avait faim, froid et demandait l'hospitalité.

Réal, son arme toujours épaulée, s'impatienta.

— Toi, Viateur, t'as enseigné à ces maudits-là quand t'étais curé et que tu menais le pensionnat de Saint-Marc[16]. Qu'est-ce qu'y veut ?

---

16. Le pensionnat de Saint-Marc, aussi connu sous le nom de Saint-Marc-de-Figuery, était situé à Amos et fut dirigé par les Oblats de 1955 à 1973. Il s'agissait d'un «pensionnat indien» chargé de civiliser les enfants des Autochtones. En effet, dès l'âge de six ans, les filles et les garçons amérindiens étaient enlevés à leurs parents et envoyés dans un de ces pensionnats situés le plus loin possible de leur communauté. Ils y étaient élevés par des religieux qui leur firent subir les pires tourments et humiliations.

— Il dit qu'il a été surpris par la tempête. Sa chaloupe a pris l'eau et son moteur s'est noyé. Il voudrait qu'on l'héberge cette nuit et qu'on lui donne de quoi manger…

Comme la porte était restée ouverte et que la neige poudrait dans tout le chalet, Gaétan se fâcha:

— Qu'il entre ou qu'il sacre son camp, mais fermez cette bonyenne de porte!

Malgré cet accueil qui était loin d'en être un, le vieil homme, lui, demeurait imperturbable. Réal abaissa son fusil et, d'un signe du menton, fit comprendre au visiteur qu'il pouvait avancer. Viateur referma la porte en poussant dessus de son épaule pour vaincre la force du vent.

Le vieil Indien secoua la neige qui le recouvrait et cogna ses bottes l'une contre l'autre afin de les décrotter.

Comme personne ne songeait à l'inviter à s'asseoir, je lui présentai une chaise.

Il se laissa tomber dessus lourdement. Ses longs cheveux blancs étaient perlés de glaçons. Il était trempé. Je lui tendis une serviette.

Réal posa son fusil sur un comptoir en grognant entre ses dents.

— Pas question que ce puant couche icitte.

— De toute façon, il n'y a pas de place pour lui, prétexta pitoyablement Gaétan.

Viateur, lui, ne broncha pas, faisant mine de se désintéresser de la question. Toutefois, sa manière de battre en retraite dans l'ombre au fond du campe trahissait une peur irraisonnée, comme si l'apparition fantomatique de ce vieil homme était le signe avant-coureur de terribles malheurs dont lui seul subodorait la cause.

Je me permis d'intervenir:

— On ne peut tout de même pas laisser un être humain continuer son chemin à la noirceur et par un temps pareil.

Réal répliqua:

— C'est pas notre estie d'problème. Pis tant qu'à moé, peut bien crever. Les Indiens, des êtres humains? Faut l'dire vite…

— Oui, l'appuya Gaétan, c'est rien qu'un Sauvage et, après tout, la réserve n'est pas si loin. Il connaît le chemin. Qu'il se débrouille. Nous, on n'a pas d'affaire…

En désespoir de cause, je proposai de servir au moins une soupe chaude à ce malheureux tout en renonçant à ma part du souper.

Mes mauvais compagnons acceptèrent sans grand enthousiasme.

Pendant tout cet échange, le vieillard, quant à lui, n'avait pas bougé et rien n'indiquait qu'il ait saisi les propos inamicaux dont il avait fait les frais.

Je posai devant lui une miche de pain et une assiette de soupe épaisse enrichie de morceaux de bœuf bouilli.

Il sortit son couteau croche[17] et se tailla une large tranche de pain. Puis il avala sa soupe sans se presser en émettant un bruit de succion à chaque cuillerée.

Pas une fois il ne releva la tête. Quand il eut terminé, il sauça son bol avec un bout de pain avant de quitter son siège pour se diriger vers la porte. Chose curieuse, l'homme semblait résigné à son sort, ou peut-être avait-il pressenti qu'on le chasserait ainsi comme un chien.

Je me sentis horriblement impuissant. D'un côté, je ne voulais pas voir partir ce vieillard, mais de l'autre, je craignais mes trois énergumènes. Ne se considéraient-ils pas comme «les rois de la Terre»? Ne se vantaient-ils pas que «tout ce qui se passait au campe restait au campe»? En outre,

---

17. Le couteau croche, ou *mokotakan*, est un couteau à lame recourbée commun à de nombreuses communautés autochtones du Québec.

 45

n'étaient-ils pas racistes au plus haut degré, armés jusqu'aux dents et légèrement ivres?… Avec ce genre d'individus, un mauvais coup pouvait vite arriver…

Je frissonnai et m'interrogeai sur l'identité de ce mystérieux visiteur. N'était-ce vraiment qu'un simple trappeur surpris par la tempête, un homme de chair et de sang? Je me rappelai certains contes de mon enfance où des créatures surnaturelles – quand ce n'était pas le Christ en personne – allaient parfois cogner aux portes pour mettre à l'épreuve la générosité de ceux qui se cachaient derrière et leur offrir une ultime chance de rédemption avant la damnation éternelle…

Dans cette éventualité, nous venions de compromettre à jamais le salut de nos âmes...

Cette terrible pensée venait de me traverser l'esprit quand le vieillard, au moment de franchir le seuil et de disparaître dans les ténèbres, se retourna. Il nous dévisagea un à un avant de fixer son regard sur moi et de laisser tomber ces mots en français:

— Toi, tu es un bon garçon… *Mikwete*[18]. Les autres: maudits soyez-vous! *Matcaci*[19]!

---

18. « Merci » en attikamek.
19. « Au revoir » dans cette même langue.

III

Une chasse sanglante

Suivant certaines croyances, le rêve est comme une fenêtre qui s'entrouvre sur l'autre monde. Celui des immortels et des esprits en peine. Si tel est bien le cas, comment interpréter nos cauchemars? Sont-ils des prémonitions de l'enfer qui nous attend? Sont-ils des avertissements envoyés par des forces hostiles ou ne sont-ils que le produit de nos propres démons intérieurs?

Ce que je sais, c'est que cette nuit-là, je fus assailli par des songes si horrifiants que je me réveillai plusieurs fois en sursaut, heureux et soulagé de constater que tout ce que je venais de vivre avec une intensité hallucinante n'était pas réel. Hélas! ces trop courts moments de paix retrouvée ne duraient guère car, dès que je m'assoupissais de nouveau, je replongeais dans les mêmes tourments!

 47

Ce cauchemar sans fin qui avait pris possession de mon cerveau était rempli de cris, de sang et de coups de feu. Le vieil Indien y apparaissait et sa malédiction ressurgissait en écho, répétée par mille voix. Tout y prenait une dimension fantastique. Le ronflement des dormeurs autour de moi se changeait en rauquements de bêtes qui se mêlaient aux hurlements du vent. Mais c'était l'image du vieillard dans la tempête qui revenait toujours me hanter. Au loin, l'homme, épuisé, m'appelait en agitant ses bras au-dessus de sa tête. Je voulais le rejoindre. J'en étais incapable, mais je parvenais néanmoins à entendre des bribes de ce qu'il cherchait à me dire au milieu des éléments déchaînés: «Tous maudits… sauf un. Tous des criminels… Celui qui a drogué nos enfants… Celui qui les a empoisonnés… Celui qui les a battus… Aucun ne quittera le lac vivant…»

Puis, toujours dans mon cauchemar, je voyais Réal, Gaétan et Viateur. Ils avaient des visages différents. Moins âgés. Plus inquiétants. Réal était entouré de jeunes Autochtones à qui il distribuait des petits sachets. Il empochait de l'argent en répétant: «C'est du bon. Vous n'en trouveriez pas de meilleur à Montréal…» Gaétan, lui, était sur la crête du barrage que j'avais vu en montant au campe. Il remplissait des formulaires d'inspection et examinait des échantillons d'eau rangés dans une glacière. Il s'adressait à un assistant : «Si on monte le niveau, il faudra une fois de plus déménager le village. Sans compter la qualité de l'eau. Je parie que le taux de mercure a encore augmenté[20]. Faudrait dire aux gens de boire de l'eau en bouteille et de ne pas consommer de poisson. Surtout les femmes enceintes. Celles qui allaitent contaminent déjà leur bébé. Sauf que si on n'atteint pas nos objectifs, on va perdre nos promotions et nos bonus. Sans compter le scandale. Vaut mieux se taire… Après tout, des Indiens, y en aura toujours…»

Viateur était aussi dans mon rêve. Il portait la soutane. Il était dans un dortoir, penché sur le petit lit de fer d'un enfant

---

20. Le méthylmercure que l'on trouve dans les cours d'eau après la construction d'un barrage s'accumule dans la chaîne alimentaire et empoisonne tous les êtres vivants. Ceux qui consomment du poisson sont particulièrement touchés. À la longue, certains tombent victimes de la maladie de Minamata, identifiée au Japon vers 1950. Cette maladie provoque une encéphalopathie ayant pour conséquences la paralysie, la perte de vision, la surdité, des troubles mentaux sévères, voire le coma et la mort.

au crâne rasé. Le gamin à demi nu pleurait et criait : «Non! Non! Mon père, pas ça!»

Puis, toujours dans mon rêve, un tourbillon de flocons effaçait la scène et je revoyais le vieil Indien marchant dans le bois, trébuchant et finissant par s'écrouler. Bientôt, la neige le recouvrait. Le blizzard cessait et, au loin, au milieu d'un lac immense noyé de brume, un couple de huards se mettait à crier. Des cris qui ressemblaient à des sanglots.

Je me réveillai.

L'aube commençait à poindre. Les autres, enroulés dans leurs sacs de couchage, dormaient encore comme des brutes. J'avais beau essayer de me convaincre que tout ce que je venais de voir durant mon sommeil n'était que chimères, je demeurais ébranlé par mes visions nocturnes. Les trois chasseurs à qui je m'étais joint naïvement étaient-ils, en vérité, des monstres? Des monstres d'autant plus effrayants qu'ils semblaient mener des vies très ordinaires. Et ce vieil Indien que nous avions abandonné, qui était-il? Qu'était-il devenu dans la tourmente? Mort, peut-être enseveli sous la neige…

Incapable de me rendormir, je me levai et me préparai du café. J'enfilai un manteau et sortis sur la galerie. La tempête avait effectivement cessé et un fin brouillard flottait sur le lac.

En frissonnant, je réintégrai le chalet. Il y avait, dans un coin, une pile de vieux journaux jaunis qui servaient à allumer le feu. J'en pris quelques-uns au hasard et les feuilletai tout en sirotant ma tasse de café. Les numéros dataient de plusieurs années et deux ou trois articles attirèrent mon attention. Par une coïncidence troublante, j'eus l'impression qu'ils concernaient mes partenaires de chasse…

Le premier reportage, publié dans le *Nouvelliste* de Trois-Rivières, faisait état d'une vaste enquête de la Sûreté du Québec et de la GRC au sujet d'un réseau de trafiquants de drogues qui, sous le couvert de transporter des pêcheurs et des chasseurs dans les pourvoiries de la région, utilisaient des avions amphibies pour vendre les pires drogues aux Autochtones des réserves d'Obedjiwan, de Weymontachie et Manawan. Plusieurs cas d'intoxications graves avaient été signalés. Un garçon de douze ans, armé d'un fusil et complètement désorienté sous l'effet d'une substance hallucinogène, avait même abattu son grand-père et sa grand-mère avant de se tirer une balle dans la bouche. La police tenait une bonne piste et interrogeait un suspect...

Le deuxième article, lui, présentait plutôt un bilan du désastre écologique qu'avait causé la mise en eau du barrage La Loutre. Il dénonçait le degré alarmant de pollution des eaux et s'interrogeait sur l'impact de ce phénomène sur la santé humaine. Un médecin témoignait, affirmant avoir observé un pourcentage anormalement élevé de malformations chez les nouveau-nés autochtones du secteur. Il était même question de déplacer une nouvelle fois le village d'Obedjiwan et d'interdire aux habitants de la réserve de consommer l'eau jusqu'à ce que les autorités concernées éclaircissent cette affaire. On recherchait les différents ingénieurs responsables du dossier au fil des ans...

Les autres journaux ne fournissaient que des nouvelles sans grand intérêt sur les derniers exploits de l'équipe de hockey locale ou le passage de tel ou tel groupe rock dans la région. Du moins, jusqu'à ce que mon attention soit attirée par un gros titre :

SCANDALE
CHEZ LES OBLATS!

Reportage sur un présumé agresseur
d'enfants du pensionnat d'Amos.

À la lecture de cet article, je ne pus m'empêcher de mettre en doute l'intégrité de Viateur qui, je le savais à présent, avait longtemps dirigé le pensionnat de Saint-Marc. Les accusations formulées me donnèrent froid dans le dos :

> À la surprise générale vient d'être arrêté le père Placidius qui, pendant un certain temps, a dirigé le pensionnat pour Autochtones d'Amos, école fermée depuis 1973. Ce membre de la congrégation des Oblats est suspecté d'avoir fermé les yeux sur certains abus commis dans son établissement et est accusé d'avoir lui-même exercé des violences à caractère sexuel contre les jeunes Amérindiens soumis à son autorité.
>
> Un ancien pensionnaire du nom de Gabriel Awashish a dénoncé les sévices dont il a fait l'objet durant les sept années où il a été enfermé au pensionnat. Nous avons été à ce point troublés par ses révélations, que nous avons choisi de reproduire intégralement son témoignage.
>
> « J'avais à peine six ans quand des agents du gouvernement m'ont attiré dans

un hydravion pour m'enlever à mes parents, que je n'ai jamais revus. À mon arrivée, le père Placidius a dit que tout ça était pour mon bien, qu'on allait me "civiliser" et "tuer le Sauvage qui était dans mon cœur". On a commencé par brûler mes vêtements et mes mocassins. On m'a rasé le crâne sous prétexte que j'étais plein de poux et on m'a débarbouillé en me frottant avec un gant de crin.

« Je n'ai pas appris grand-chose dans cette école. On m'a enseigné à compter et un peu à lire. Le reste du temps, je faisais de la menuiserie. Je balayais et, l'été, on me louait dans les fermes pour faire les foins. Je dormais dans un dortoir plein à craquer. Il faisait très froid l'hiver et beaucoup d'élèves toussaient et crachaient le sang.

« J'ai tenté de m'enfuir à deux ou trois reprises. Le père m'a fouetté devant la classe avec une ceinture à boucle métallique. Une fois, il m'a brûlé la main avec son briquet…

« J'avais tout le temps peur d'être puni. La nuit, je me levais souvent pour regarder par la fenêtre. J'espérais toujours que mon père serait là, dans la cour d'école, et qu'il me ramènerait à la maison. Le directeur m'a surpris. Il a prétendu que je souffrais de somnambulisme et en a profité pour me confisquer mon pyjama, prétextant que ça me forcerait à rester au lit. Le soir, j'étais donc contraint de me promener nu. Le père me regardait continuellement. Quand je prenais ma douche avec les autres, il m'appelait et a commencé à me toucher en faisant semblant de me sécher. Après cela, il ne s'est plus gêné. Au confessionnal, il m'ordonnait de le caresser et de faire des choses dégoûtantes dont j'ai encore honte aujourd'hui. Pour me faire taire, il menaçait de me fouetter. Parfois, il cherchait plutôt à m'amadouer en me promettant une pomme ou une poignée de bonbons.

« Un jour, un inspecteur est venu. Il a demandé si quelqu'un avait des plaintes à formuler. J'ai levé la main. Il m'a indiqué de le suivre dans son bureau. Il hochait la tête en m'écoutant…

« La semaine suivante, père Placidius m'a pris par une oreille et m'a traîné au fond de l'atelier. Il m'a mis la main dans l'étau et a serré jusqu'à ce que le sang gicle par mes ongles. Il m'a dit : "Ça t'apprendra à débiter des mensonges, espèce de vermine!"

« J'ai hurlé. Personne n'est venu à mon secours et le directeur n'a pas été congédié. C'est lui qui est parti, plus tard, quand un enfant de mon âge s'est pendu dans les toilettes et qu'un autre, un peu plus vieux, a été retrouvé mort de froid après avoir fugué pieds nus dans la neige et vêtu seulement de ses sous-vêtements.

« Quand je suis enfin sorti du pensionnat, je n'ai pas eu le courage de retourner dans mon village. Je me sentais trop sale.

J'ai fait de la prison et j'ai développé un gros problème d'alcool. J'ignore ce que Placidius est devenu. Il paraît qu'il a défroqué et que sa communauté a payé pour taire l'affaire. Aujourd'hui, je suis tout seul. Je n'ai jamais voulu d'enfants. J'avais trop peur qu'on me les enlève pour leur faire subir le même sort qu'à moi. Le père m'a tout pris. L'Indien dans mon cœur est bel et bien mort… »

Je relus l'article plusieurs fois. Le rapprochement était tentant. Viateur pouvait être ce religieux dévoyé et les deux autres, des criminels risquant de m'entraîner avec eux dans les cercles de leur enfer personnel. Il était également possible que je sois victime de ma dépression et que mon angoisse m'ait rendu impressionnable au point d'imaginer les pires choses sans aucune raison valable…

Cela dit, si j'avais pu poursuivre ma réflexion un peu plus loin, ce matin-là, j'aurais sans doute fait discrètement mes bagages et me serais enfui pendant qu'il en était encore temps. Aurais-je ainsi infléchi le cours tragique des événements qui suivirent ? Qui sait ? Toujours est-il qu'il en fut autrement.

Des bruits de vaisselle, des pets sonores et des raclements de gorge me signalèrent que mes trois compagnons de chambrée venaient de se réveiller. L'un torse nu, l'autre en maillot de corps, ils étaient là, de fort bonne humeur, sauf Viateur qui se plaignait de migraine et qui couvait, à ses dires, une mauvaise grippe, préférant de ce fait rester couché.

— T'es prêt, le jeune? me lança Réal. Habille-toi. Rien que de la laine[21]. Tiens, mets ça! On part dans une demi-heure. Il a fait frette, c'te nuit! Y'a pus d'vent. La neige va fondre et la terre sera mouillée. Parfait. Ça fera moins de bruit quand on marchera sur les feuilles mortes. La température idéale… C'est certain qu'aujourd'hui on va tuer. Hein, Gaétan, t'es pas d'accord?

Réal, qui venait de prendre d'autorité la tête de l'expédition, avait choisi comme terrain de chasse une montagne plantée de bois franc et de sapins qui dominait la grande île sur laquelle nous étions installés.

---

21. Afin d'éviter le bruit causé par le froissement du nylon et des autres tissus synthétiques, les chasseurs expérimentés choisissent des vêtements de laine pour s'enfoncer dans le bois.

Pour atteindre ce sommet enneigé, nous dûmes commencer par traverser un vieux bûché[22] creusé de profondes roulières laissées par les débusqueuses et la machinerie lourde de la Console[23]. De ce fait, notre progression était difficile, car nous étions forcés de patauger dans la fange des fossés et nous nous enfargions sans cesse dans les repousses de trembles, les talles de bleuets et les ronces envahissantes. Heureusement, après une heure d'efforts, nous débouchâmes enfin sur une *trail* bien défrichée qui avait dû servir au transport des billots avant d'être abandonnée pour se transformer peu à peu en «passe à orignaux».

Réal s'arrêta et me montra des pistes fraîches imprimées dans la terre meuble.

— Regarde, c'est un gros mâle. Un buck. Le sabot est plus grand et les pinces plus arrondies. Chus sûr qu' c'est lui! Icitte, il a labouré le sol. Là, y s'est frotté aux arbres. Y'a aussi des traces de loups, mais elles sont plus anciennes.

---

22. Zone forestière où la végétation a commencé à repousser après une coupe à blanc.

23. La Consolidated-Bathurst est une compagnie forestière. Elle est devenue, en 1989, la Stone-Consolidated, puis, en 1997, l'Abitibi-Consolidated après sa fusion avec Abitibi-Price.

Il prit alors une poignée de feuilles mortes et la lança en l'air pour vérifier la direction du vent. Puis il mit son index sur ses lèvres et me tendit une pousse de cèdre qu'il venait d'arracher au bord du sentier.

— Maintenant, plus un crisse de bruit. T'as de la monnaie dans tes poches? Jette-la. Et attention où tu mets tes pieds. Il a l'oreille fine. Un simple craquement de branche anormal et il décampe. Le cèdre, c'est pour te frotter les mains et la face. T'aurais pas dû te raser et mettre de la lotion parfumée. Il va te sentir à des milles. Du jus de mouffette, comme Gaétan, ça aurait été mieux... mais tant pis!

Depuis que la piste se précisait, Gaétan était aussi sur ses gardes. Il avait ôté son fusil de son épaule et m'indiquait régulièrement des indices du passage récent de l'animal. Ici, un tas de crottin frais. Là, des ramilles récemment broutées, des touffes de poils ou des morceaux d'écorce arrachés. Plus loin, un tapis de feuilles, d'herbes piétinées et de neige tassée. Ceci sans oublier la «souille», une sorte de lit de verdure où la bête s'était couchée et avait répandu son urine, d'où la forte odeur de musc qui flottait dans le vent.

Réal prit la hachette qu'il portait à la ceinture et en cogna le manche sur un tronc creux. Il brisa également quelques branches sèches, sans doute pour attirer notre proie en lui faisant croire à la présence d'une femelle ou d'un rival avec qui il voudrait en découdre.

D'un geste, Réal nous intima bientôt l'ordre de nous arrêter. Il arma son fusil. À moins de cinquante pieds de nous, un craquage[24] se fit entendre, suivi d'une sorte de grognement bref qui ressemblait à un «wouf» de défi.

Et je le vis!

Caché derrière un rideau d'épinettes.

Énorme.

Magnifiquement empanaché.

Gaétan agita la main pour nous faire comprendre qu'il valait mieux attendre que la bête s'expose davantage et offre un meilleur angle de tir. Mais Réal, comme d'habitude, n'en fit qu'à sa tête. Il cala son arme sur une souche, l'œil rivé à sa lunette d'approche. Le coup partit, répercuté par les montagnes environnantes. Il y eut un bruit de cavalcade.

---

24. Bruit que fait l'orignal en se frayant un passage dans le sous-bois.

Une sorte de fracas de branches qu'on écrase en courant, ajouté au son de pas lourds brisant la croûte de neige durcie.

Je scrutai le boisé. L'orignal avait disparu comme par enchantement. J'en fus étrangement content.

Réal, lui, se mit à sacrer, vert de rage.

— Saint sibord de viârge! Manqué!

Gaétan bougonna:

— Je t'avais fait signe d'attendre une bonne shot, espèce de sans-dessein. On l'aurait eu au bout du fusil... Tu parles d'un innocent!

Réal ne répliqua pas mais, de toute évidence, il était furieux. D'un pas décidé, il se remit en route sans nous attendre. Nous le laissâmes aller en le suivant à distance.

La marche reprit, toujours aussi pénible. Nous franchîmes d'épais fourrés d'aulnes et de trembles avant de nous engager dans un chablis[25] jonché d'arbres pourris pour finalement redescendre vers les basses terres en longeant un ruisseau qui nous mena au bord d'une sorte de petit lac marécageux formé par un barrage de castors.

---

25. Zone forestière où les arbres sont morts de vieillesse ou ont été abattus par le vent.

Réal avait décidé d'y faire halte et nous le rejoignîmes sur la grève où nous déposâmes nos sacs à dos. Il ne décolérait pas et sortit de son propre havresac un cône d'écorce de bouleau avant de descendre au lac où il se livra à un curieux manège. En effet, il se mit à frapper l'eau en cadence et à remplir son cornet pour en déverser aussitôt le contenu à hauteur d'épaule. On m'expliqua qu'il s'agissait d'un vieux truc de chasseur consistant à imiter des bruits de pas dans l'eau et ceux d'un jet d'urine. L'animal traqué s'y laissait prendre, parfois, et se croyait en présence d'une femelle en chaleur ou d'un autre mâle dans les parages.

Nous tendîmes l'oreille. Pas la moindre réponse.

Réal reprit son cornet d'écorce qu'il tourna vers le sol. Il s'en servit, cette fois, comme d'un porte-voix pour pousser un long gémissement dont les notes graves s'amplifièrent peu à peu en simulant à la perfection une sorte de bramement puissant.

Il attendit une quinzaine de minutes, puis répéta cette longue plainte. Un cri rauque et bref finit par répondre dans le lointain, mais cet appel fut sans suite car, de nouveau, le vent se leva, emplissant la forêt de bruissements trompeurs. Le froid devint également plus mordant, d'autant plus que nous avions cessé de nous déplacer.

Gaétan, malgré l'opposition de Réal, alluma donc un feu de sapinage bien sec. Frigorifié, je tendis mes mains dégantées au-dessus des flammes et battit du pied pour me réchauffer.

Gaétan appela Réal :

— Viens donc, tu vas geler. Il ne répondra plus…

Résigné, Réal vint s'asseoir près du feu et sortit un flasque de fort. Il en avala une longue rasade avant de l'offrir à la ronde.

— Le jeune, ça te tente ? Non ! Tu as tort. Ça ravigote son homme. Et toi, Gaétan, en veux-tu ?

Ce dernier prit le flacon des mains de Réal et but à son tour une lampée d'alcool en s'essuyant le coin de la bouche du revers de sa main.

— Ouin, je crois bien que c'est foutu pour aujourd'hui.

— On sait jamais… s'objecta Réal. C'est sûr qu'avec ce feu et toute cette boucane, on n'a pas grand chance. C'est d'valeur parce que c'était un cristie de bon coin. Une baie

remplie de foin[26] et de nénuphars… J'suis
sûr qu'y va revenir à la brunante…

Pendant cette conversation, je m'étais
éloigné quelque peu pour marcher le long
de la rive, me demandant ce que je faisais
là au lieu d'être auprès de Manon en train
de lui dire que je n'avais cessé de penser à
elle depuis mon départ… et que je l'aimais
toujours…

Tout à coup, intrigué par un léger bruit
de branches froissées, je scrutai l'horizon.
C'est alors que je le vis sortir du bois, levant
haut les pattes avec précaution et avançant
à pas feutrés. Comme le vent soufflait dans ma
face, il ne m'avait pas senti. Il devait bien
avoir deux mètres à l'épaule et peser dans les
mille cinq cents livres. Cette fois, je pus
réellement l'observer. Je fus frappé par sa
laideur. Son dos bossu, son mufle pendant,
ses grandes oreilles, son pelage brun garni
de jarres[27] noires et ce fanon de crin un peu
ridicule qui lui pendait au menton. Mais on
oubliait vite cette silhouette disgracieuse à la
vue de son extraordinaire ramure déployée

---

26. Le foin à orignal est une herbe aquatique dont les
    élans sont friands.
27. Poils droits et raides.

majestueusement avec ses larges palmures et ses innombrables pointes.

Il entra dans l'eau et y plongea la tête pour arracher de la vase une bouchée de plantes aquatiques qu'il se mit à mâcher tout en me fixant sans exprimer la moindre crainte.

Époustouflé, je ne me lassai pas de ce spectacle unique. J'avais là, devant moi, le roi véritable de la forêt, le légendaire monstre d'Obedjiwan !

Malheureusement, une détonation formidable, dans mon dos, presque à bout portant, me tira de ma contemplation.

Le gigantesque élan tressaillit à peine et, en quelques enjambées souples, il regagna la grève pour s'engouffrer dans les fourrés où il disparut.

Abasourdi, je me retournai pour voir qui avait tiré.

Réal braquait encore son fusil dans ma direction et Gaétan l'engueulait vertement :

— Tu es devenu fou ! Tu aurais pu tuer le jeune !

Réal n'écoutait rien et semblait hors de contrôle. Au comble de l'excitation, il répétait :

— Raté ! Je l'ai encore raté ! Ça parle au maudit ! Cette fois, par contre, je l'ai touché ! J'en suis sûr !

Il se précipita à l'endroit où il avait supposément blessé l'orignal et nous montra le sol.

— Regardez, vous voyez : du sang !

Du coup, la traque de notre animal fantôme reprit, plus épuisante que jamais.

Réal ne marchait plus. Il courait et nous entraînait toujours plus avant dans ce coin de forêt aussi touffue qu'impénétrable.

Gaétan, lui, ne tarda pas à rechigner et à exprimer clairement qu'il n'avait pas l'intention de continuer. Il me confia en hochant la tête :

— Le sang est brun foncé. Dommage… Quand il est clair et écumeux, ça veut dire que la balle a atteint les poumons. Comme c'est là, le buck a été frappé au ventre. Son agonie sera longue et il peut nous promener pendant des jours avant de s'effondrer… On devrait s'en retourner avant que la noirceur tombe.

Mais Réal s'entêtait. Pris d'une véritable frénésie meurtrière, il battait les bois sans même s'arrêter un instant pour reprendre son souffle.

À ce rythme, il disparut assez rapidement de notre champ de vision. Par contre, nous savions qu'il était toujours là, devant nous, car à deux ou trois reprises nous entendîmes de nouveaux coups de feu toujours accompagnés d'un chapelet de sacres de déception.

Puis, même s'il devenait évident que la situation était périlleuse, Gaétan perdit son calme et sembla, à son tour, pris par l'envie de participer à cet hallali.

Toujours est-il que je le vis remplir le magasin de sa carabine et s'avancer l'arme au poing, prêt à épauler.

Il se produisit alors un phénomène des plus étranges défiant la logique. Plus nous pensions approcher de l'orignal blessé pour l'achever, plus il nous échappait, comme s'il retrouvait sa vigueur pour mieux nous narguer. Évidemment, cela exaspérait davantage les deux chasseurs à ses trousses. On aurait dit, en fait, que nous jouions à une sorte de partie de cache-cache mortelle à laquelle je me trouvais mêlé sans le vouloir.

Afin que tout cela se termine au plus vite, je me mis à détailler, moi aussi, le couvert et les taillis et, à plusieurs reprises, nous réussîmes presque à débusquer l'animal mythique. La première fois, il était couché à environ cent pieds de nous et, à notre approche, il se leva en émettant un beugle de douleur. Gaétan le visa, tira et manqua sa cible. La deuxième fois, il surgit de nulle part et nous chargea en abaissant ses bois redoutables. Gaétan fit mine de le mettre en joue. Il n'en eut pas le temps. À quelques mètres de nous, l'animal stoppa net et plongea dans une ravine.

Gaétan jeta son fusil par terre.

— Cette bête est possédée ! Elle se moque de nous !

Je voulus le calmer. Il me repoussa d'une violente bourrade. Je lui criai :

— Ce n'est pas l'orignal, le possédé, c'est vous. Vous êtes complètement cinglés ! J'en ai assez, je vous laisse tous les deux… Continuez sans moi !

Mais le destin en avait décidé autrement car, alors que je m'éloignais depuis un moment, hasard ou fatalité, le monstre au panache magnifique réapparut. Il se tenait droit sur la crête de la montagne que nous avions gravie le matin. En plein soleil et à terrain découvert, comme s'il avait résolu d'en finir. Il leva la tête et lança un long brame.

Deux coups de feu éclatèrent simultanément. L'un tiré pas très loin de moi. L'autre provenant du boisé voisin à quelque trois cents mètres.

J'aperçus Gaétan qui me faisait signe et je le rejoignis. Il me tendit ses jumelles. Au sommet, je vis le grand orignal chanceler et tomber à genoux. Il essaya de se relever en raidissant ses pattes arrière. Du sang jaillit de ses naseaux et de sa bouche. Un frisson parcourut sa crinière aux poils hérissés. Il respirait très fort, par saccades, et sa langue pendait. Il lâcha un dernier râle en tentant de redresser son chef devenu trop lourd. Puis, il bascula sur le côté tout d'une masse. Mort.

Alors que je ravalais ma salive, dégoûté par l'exécution de cet animal sans pareil, Gaétan, fou de joie, brandit son arme au ciel et tira trois fois en l'air pour avertir qu'il s'appropriait la gloire d'avoir abattu la bête.

À la seconde suivante, trois tirs identiques retentirent un peu plus bas. C'était Réal qui, à son tour, revendiquait la même chose.

Gaétan réarma son fusil, blême de colère.

— Le maudit! Qu'est-ce qui lui prend? C'est moi qui l'ai tué! Tu l'as vu! S'il croit qu'il va me voler ma chasse, il se trompe!

J'aurais dû suivre ma première idée et m'en retourner au chalet à ce moment-là. Cela n'aurait probablement rien changé, mais j'aurais au moins évité la scène navrante qui s'ensuivit.

Gaétan se mit à galoper vers la montagne, l'arme à la main. Après un instant d'hésitation, je lui emboîtai le pas en cherchant à le raisonner. Hors d'haleine, je le retrouvai en haut de la pente. Réal y était déjà, couvert de sang comme un charognard devant l'énorme cervidé qu'il venait d'éviscérer et de saigner en lui tranchant les veines jugulaires. Il avait une scie à la main et achevait de détacher le panache tant convoité.

Dès qu'il nous vit, le regard dément, il s'interrompit et s'empara de son arme.

— Reculez, il est à moi !

Gaétan, tout aussi enragé, leva sa propre carabine.

— C'est moi qui l'ai eu. Tu le sais bien. J'ai visé son épaule.

Les deux hommes en vinrent aux mains, ou plutôt commencèrent à échanger des coups de crosse.

Lequel des deux retourna involontairement son arme et appuya sur la détente. Je l'ignore.

Ce dont je me souviens, c'est que Réal porta la main à son ventre et resta là, bouche bée et yeux exorbités, avant de s'affaisser.

Hébété, Gaétan balbutia :

— Je n'ai pas voulu ça… C'est sa faute !

Cette fois, je m'emportai :

— Fermez-la ! Il faut le ramener au campe et vite… Et au diable ce panache !

IV

Le cri des huards

Couché sur le brancard improvisé qui nous servait à le transporter, Réal respirait à peine quand, après des heures d'efforts surhumains, nous arrivâmes enfin au chalet. Le blessé avait perdu énormément de sang. À notre appel, Viateur sortit en trombe et s'écria:

— Que s'est-il passé?

Gaétan prit les devants pour répondre.

— Un accident… Le coup est parti tout seul!

Devant l'urgence de la situation, je ne jugeai pas utile de corriger cet odieux mensonge.

— Il faut trouver de l'aide, sinon il va mourir, dis-je.

Viateur se gratta la tête, désemparé.

— Vous devez bien avoir une radio pour les secours, demandai-je.

— Oui, mais elle ne marche plus…
J'ignore pourquoi. Il y a bien la pourvoirie
l'Oasis au bout de l'île. Seulement, c'est à une
journée de marche d'ici. Pas sûr qu'il tiendra
jusque-là…

Je lui objectai que nous pourrions y aller
en canot.

Penaud, il m'avoua :

— Je ne sais pas ce qui est arrivé. Il a
disparu. La tempête d'hier… Il y a probablement eu une bourrasque et l'amarre s'est
rompue… Reste la balise de détresse, mais
elle n'a pas fonctionné depuis un bon moment.
C'est Réal qui devait la tester avant de partir.
Je vais l'activer si je peux. Si la Sûreté ou les
gardes forestiers reçoivent notre signal, ils
enverront un avion, mais difficile de dire
combien de temps ça prendra…

Nous rentrâmes étendre Réal sur la table.
J'ouvris sa chemise. La balle explosive avait
causé une horrible blessure béante. Je déchirai
un linge propre en charpie afin d'éponger le
sang qui giclait à flots.

Quand il reprenait connaissance, le
camionneur semblait souffrir le martyre
malgré les antalgiques dont nous l'avions
bourré, vidant la trousse de premiers soins.
Dans son délire, il hurlait :

— Il est à moi! Un panache de soixante cors! Personne n'a jamais vu un trophée pareil... Tu mettras pas la patte dessus, mon maudit!

Nous guettâmes le ciel tout le reste de la soirée. Parfois, un avion passait très haut, suscitant chez nous de vains espoirs. Au crépuscule, il fallut se rendre à l'évidence: les secours n'étaient pas au rendez-vous. Peut-être le lendemain... Au cours de cette interminable veillée, Gaétan demeura prostré, les yeux dans le vague, enfermé dans un silence farouche, assis sur la galerie.

Viateur, lui, marmonnait dans son coin. C'est du moins ce que je croyais jusqu'à ce que je m'aperçoive qu'en fait, il priait.

La nuit fut longue. Très longue. J'avais les nerfs tellement à vif que je dus, moi aussi, sortir prendre l'air malgré la noirceur. Même dehors, je ne pouvais m'ôter de la tête l'image de ce pauvre Réal qui agonisait à côté tout en persistant à réclamer la propriété de son élan. Ce qui ne m'empêchait pas de songer également à cet animal tué pour rien qui, là-bas, allait pourrir, victime de la folie des hommes.

Je sentais la mort. Elle était là. Présence invisible, elle rôdait autour du chalet, attirée par l'odeur de tout ce sang.

Soudain, j'eus l'impression d'entendre jusqu'à son souffle lugubre avant de me rendre compte que le chant funèbre qui me glaçait le dos provenait des huards qui, au milieu du lac, s'étaient remis à pousser leurs cris tragiques semblables à des sanglots.

Ils chantèrent ainsi jusqu'à l'aube qui tarda à venir et, chaque fois que retentissait leur appel d'une infinie tristesse, je ne pouvais m'empêcher de penser que la malédiction du vieil Indien était en train de s'exercer.

Qui serait le prochain à trépasser? Moi, peut-être...

Au petit matin, cependant, Réal n'était toujours pas mort et, à l'instar de Gaétan et de Viateur, je repris confiance quand j'entendis au loin un vrombissement de moteur d'avion.

C'était un hydravion. Un vieux DHC-3 Otter de Havilland. Nous sortîmes pour l'accueillir à grand renfort de moulinets des deux bras. Il passa d'abord en rase-mottes au-dessus du toit du chalet, puis fit le tour du lac afin de reconnaître les lieux. Enfin, il se prépara à amerrir mais, à la dernière seconde, alors que ses flotteurs frôlaient déjà la surface des eaux, il remit les gaz comme s'il avait voulu éviter un obstacle imprévu.

L'avion se cabra et tenta de reprendre de l'altitude pour se soustraire à l'escarpement rocheux qui dominait la rive opposée. Il esquiva de justesse les épinettes qui couronnaient la montagne et il aurait sans doute conjuré la catastrophe si, d'un seul coup, son moteur ne s'était pas mis à tousser.

Je plaçai ma main en visière pour suivre les manœuvres de l'appareil en difficulté.

— Bon Dieu! Il va manquer de puissance. Il va s'écraser…

Gaétan et Viateur, au désespoir, s'écrièrent:

— Envoye! Redresse! Vas-y! Vas-y! Plein gaz!

Hélas! une des ailes de l'avion accrocha un arbre et, sous nos yeux horrifiés, le Otter, déchiqueté, s'écrasa dans une gerbe de feu et un épais nuage de fumée noire…

— Ce n'est pas possible! brailla presque Viateur. Réal qui se blesse et, maintenant, cet avion qui explose. Ça n'a pas de saint bon sens une telle malchance!

Il n'avait pas tort. Je m'efforçai pourtant de garder mon sang- froid.

— Il faut faire quelque chose! Il y a peut-être un survivant…

Gaétan me rappela que, malheureusement, nous n'avions plus de canot. Par contre,

75

on pouvait espérer que le pilote, avant le crash, avait eu le temps d'envoyer sa position si bien que des secours ne tarderaient pas à venir.

Viateur approuva avant de rentrer dans le chalet. Il en ressortit aussitôt, livide.

— Réal est mort.

Il fallait agir. Secouer cette torpeur ou, plutôt, cette terreur superstitieuse qui s'était emparée de Gaétan et de Viateur. Gaétan et Viateur, qui étaient là, assis devant le cadavre toujours allongé sur la table, avec une bougie allumée aux quatre coins afin de créer un semblant de décor funéraire. Gaétan et Viateur, silencieux, qui fixaient la casquette de Réal qu'ils venaient d'accrocher à côté de celle du défunt Conrad.

À quoi songeaient-ils? À la série d'événements troublants qui venaient de se produire? À leurs crimes passés? Avaient-ils le pressentiment du sort terrible qui leur était réservé?

N'ayant pas la conscience aussi chargée qu'eux, je décidai de prendre la situation en main.

— On ne peut pas rester là, les bras croisés. Il faut réagir. Qui m'accompagne ? Je vais à la pourvoirie chercher de l'aide. Toi, Gaétan, tu y es déjà allé. Tu sais où ça se trouve ?

L'ex-ingénieur me fit signe que oui.

Je dus malgré tout insister pour qu'il s'habille. Il prépara ensuite son sac sans enthousiasme et, quand je lui suggérai d'emporter son arme, il se récria, paniqué :

— Non ! Pas de fusil !

Le trajet pour gagner l'Oasis était ardu. Des chemins de terre, des routes de gravelle sur lesquelles avaient roulé des camions de billots avant que le chantier ne soit abandonné, des pistes de chasseurs qui, souvent, ne menaient nulle part…

À chaque carrefour, j'interrogeais Gaétan :

— À droite ? À gauche ? Tout droit ?

Il hésitait, puis m'indiquait une direction qui semblait relever d'un choix aléatoire plutôt que d'une décision réfléchie. Résultat : nous nous retrouvâmes bientôt sur un sentier à peine tracé qui se perdait dans un grand brûlis désert en partie transformé en marécages.

Pris d'un sérieux doute, je m'informai de nouveau :

— C'est bien par là ? Sûr et certain ?

Gaétan hochait la tête positivement et continuait de marcher d'un pas somnambulique tout en tenant à voix sourde un soliloque dans lequel revenait sans cesse la même phrase, sans que je sache s'il parlait de l'orignal abattu la veille ou de la mort de Réal.

— Je l'ai tué… C'est moi qui l'ai tué…

Au bout de trois bonnes heures d'errance, je dus me rendre à l'évidence : nous étions bel et bien égarés.

Mon guide, lui, n'avait pas l'air de s'en préoccuper, à tel point que je me demandai s'il avait toute sa raison.

— Est-ce encore loin ? J'ai l'impression que, tantôt, on est déjà passés par ici…

Mon inquiétude était d'autant plus légitime que le paysage avait quelque chose de désolant, pour ne pas dire de carrément chaotique. On aurait cru que les machines qui étaient passées par là ne s'étaient pas contentées de couper le bois à blanc, mais avaient fouillé la terre, l'avaient lacérée, s'étaient acharnées dessus pour en extraire tout ce qui restait de vivant et ne laisser que des souches renversées, racines à nu, et des tas de cailloux entre lesquels ne poussait plus qu'une misérable végétation de broussailles rabougries.

Gaétan s'arrêta et regarda autour de lui avec l'air éberlué de quelqu'un qui sort d'un rêve éveillé.

— Mais, on est où ?

Cette fois, je perdis patience.

— Comment ça, on est où ? C'est à vous de me le dire !

J'avais une carte dans mon sac à dos. Je la consultai tout en essayant de me repérer. Aucune route permanente n'y figurait. L'île où nous étions ne portait même pas de nom. Dépité, je repliai ce document inutile et cherchai Gaétan. Il n'était plus là.

C'est alors que j'entendis un grand cri.

À une centaine de pieds, la piste montait en pente raide pour franchir un coteau sur lequel se dressait une épinette solitaire blanchie par la poussière. Or, sur cet arbre, j'aperçus deux boules sombres en mouve-ment. Il s'agissait d'oursons qui grimpaient en serrant le tronc avec leurs pattes avant et en poussant de toutes leurs forces des pattes arrière.

Je fus presque attendri par ce spectacle, jusqu'à ce qu'éclate un nouveau cri provenant de l'autre bord du chemin.

— À moi! Au secours!

Je courus aussi vite que je le pouvais. Ce que je découvris en gravissant la côte me figea d'horreur.

Gaétan, en position fœtale, le crâne ensanglanté par une terrible morsure comme s'il avait été scalpé, gisait entre les pattes d'un ours noir de forte taille. Plus précisément, il s'agissait d'une femelle rendue agressive par la présence d'un indésirable près de ses petits. L'animal, furieux, secouait sa malheureuse victime à pleines mâchoires et lui labourait le dos de ses griffes.

Quand il me vit, le baribal[28] se dressa sur ses pattes postérieures et me fit face, abandonnant provisoirement sa proie inerte qui râlait au milieu d'une mare de sang et de lambeaux de peau.

J'ignorais comment riposter. Je me doutais seulement qu'il valait mieux ne pas manifester

---

28. Autre nom de l'ours noir.

ma peur ni tourner le dos à l'animal. Je fis donc de grands gestes pour l'effrayer et répondis à ses grognements hargneux, à ses reniflements et à ses claquements de dents par des hurlements redoublés.

Au bout d'un moment, l'ourse parut effectivement impressionnée par mon attitude de défi. Oreilles rabattues et poil hérissé, elle se mit curieusement à effectuer des petits sauts sur place en haletant bruyamment et en soufflant par le nez. Puis, comme pour m'avertir de ses intentions hostiles, elle gratta le sol avant de foncer sur moi pour faire aussitôt demi-tour. J'en profitai pour m'armer d'un bâton et ramasser une roche que je lui lançai sans l'atteindre. Enfin, pour donner bonne mesure à ma propre manœuvre d'intimidation, je fis tournoyer ma massue improvisée au-dessus de ma tête, confiant que cela suffirait pour que mon agresseur batte en retraite.

Erreur fatale. Au même instant, l'ourse, cette fois, chargea pour de bon et à une vitesse si surprenante que je n'eus pas le temps de lui asséner un coup de gourdin sur le museau comme j'avais prévu de le faire en cas d'attaque.

Il ne restait plus qu'une solution désespérée : la fuite. Je détalai donc en abandonnant

Gaétan derrière moi. Je fonçai en me délestant de ma veste et de mon sac à dos dans l'espoir que cela détournerait éventuellement l'attention du plantigrade en furie.

En vain.

L'animal, en dépit de son apparente balourdise, me rattrapa aisément et fut bientôt sur moi. Il me renversa en pleine course et je m'affalai de tout mon long.

Cela se passa si vite que je ne me souviens pas trop de ce qu'il advint par la suite. D'instinct, je crois avoir protégé ma nuque avec mes bras et m'être recroquevillé, jambes repliées sous ma poitrine. En un mot, je fis le mort.

C'est sans doute ce qui me sauva. L'ourse, dubitative, émit d'abord de brefs grognements et me gratifia de quelques coups de sa patte griffue. Ensuite, elle me flaira et poussa un dernier rugissement de colère avant de retourner vers ses deux petits qui venaient de descendre de l'arbre où ils avaient grimpé.

J'attendis cinq bonnes minutes avant de me relever, le dos meurtri et ma chemise déchirée en plusieurs endroits.

J'étais couvert de sang et, frénétiquement, je palpais mon corps, craignant de découvrir sur moi quelque affreuse blessure mortelle.

Je n'avais, heureusement, que des lacérations peu profondes. Rassuré sur mon propre état, je volai au secours de Gaétan qui reposait à une cinquantaine de pieds de moi. Lui était grièvement blessé. Il geignait, la poitrine ouverte. La femelle enragée l'avait griffé sauvagement un peu partout et lui avait planté ses crocs dans la cuisse. Il était incapable de se remettre debout.

Il murmura :

— Inutile. J'ai trop mal. Je ne peux pas marcher. L'Oasis n'est pas loin. À un ou deux milles. Vas-y. Ils ont des VTT. Ils viendront me chercher…

Je protestai que je ne pouvais pas le laisser comme ça.

— Et si l'ourse revenait ?

Il s'impatienta.

— Elle ne reviendra pas. Elle protégeait juste ses petits… Il n'y a pas une minute à perdre. C'est par là… Tu verras une sablière et, un peu plus loin, un dépotoir. Après, tu n'auras qu'à suivre les pancartes. C'est indiqué.

Une telle assurance ne me convainquait qu'à moitié. Si la pourvoirie était si proche, comment se faisait-il que nous ne l'ayons pas trouvée plus tôt ? Je lui fis part de mes doutes.

— Mais comment être certain que je vous retrouverai ?

Il sortit de sa poche un sifflet.

— Je sifflerai tous les quarts d'heure.

À regret, j'acceptai de le quitter en pensant que, dans le pire des cas, je parviendrais à l'Oasis en fin d'après-midi et que je serais de retour avant la nuit.

Après des heures et des heures de marche épuisantes, force fut de constater que je m'étais bercé d'illusions. Pas la moindre trace de sablière, de décharge ou de panneaux de signalisation. Les pieds endoloris et les mains enflées, j'étais si fatigué que je me tordais les chevilles au moindre obstacle et appuyais mes mains sur mes genoux pour m'aider à gravir les côtes au sommet desquelles je devais me reposer hors d'haleine. Je continuai pourtant, persuadé que je n'allais pas tarder à apercevoir les toits de la pourvoirie ou, à tout le moins, un indice qui me ferait espérer que j'approchais du but. Peine perdue. À chaque fourche, à chaque carrefour, une même déception accentuait mon découragement.

J'avais respecté à la lettre les directives de Gaétan. Cependant, plus la journée avançait, plus j'avais l'impression que je me fourvoyais. Sentiment qui devint une certitude quand la piste hasardeuse que je suivais aboutit à un cul-de-sac. Je dus revenir sur mes pas, uniquement pour me retrouver dans une autre impasse. Les feuilles mortes tapissant le sentier étaient loin de me faciliter la vie et, bientôt, je n'eus pour me guider que les deux vagues sillons laissés par le passage d'un véhicule à chenilles.

Pour maintenir le cap, je me raccrochai à cette seule indication : je devais garder le lac à main droite et l'Oasis se situerait à l'est. Je faisais donc confiance à la boussole que j'avais emportée. Malheureusement, je découvris qu'elle était devenue folle. À partir de là, je dois l'avouer, je fus incapable de m'orienter. J'avais beau observer la marche du soleil, noter de quel bord penchaient les arbres et de quel côté ils étaient le moins fournis[29], ou bien encore chercher où pous-

---

29. La mousse pousse davantage du côté nord des arbres et des rochers. Les branches des arbres sont normalement moins nombreuses du côté des vents dominants d'ouest.

 85

saient la mousse et les lichens sur les troncs. Je n'étais plus sûr de rien.

Tous ces chemins qui ne menaient nulle part… J'avais l'impression d'être prisonnier d'un labyrinthe à ciel ouvert dont je ne sortirais jamais et dans lequel j'étais condamné à tourner en rond indéfiniment. D'ailleurs, je me rappelai avoir déjà lu quelque part que nombre de gens perdus en forêt, touristes ordinaires ou coureurs de bois aguerris, étaient morts d'épuisement à force de revenir sur leurs pas sans même s'en rendre compte. Cela, simplement du fait qu'on a généralement une jambe plus robuste que l'autre, si bien que, sur une longue distance, on dévie toujours en marchant un peu à droite ou à gauche. Or, à progresser ainsi pendant des heures, on finit invariablement par boucler un grand cercle.

Étais-je victime de ce genre de piège ? Je n'aurais su le dire. Ce dont j'étais certain, par contre, était qu'il me fallait arriver à bon port avant le coucher de soleil.

La suite me donna raison car, dès que la nuit tomba, les choses empirèrent. À la lueur blafarde de la lune, je ne pouvais avancer qu'avec une extrême prudence, ce qui ne m'épargnait pas de me cogner partout et de trébucher à chaque pas. Je me sentais écrasé par des murs d'ombre que je longeais à l'aveuglette, désespérant d'aboutir enfin quelque part. Vingt fois je fus tenté de m'arrêter et de me coucher en boule jusqu'à ce qu'il fasse jour. Chaque fois, cependant, je pensais à Gaétan qui m'attendait, qui comptait sur moi. Je revoyais ses horribles blessures. Demain, il serait peut-être trop tard. Non, il fallait continuer à tout prix.

Les sens en éveil, je guettais le plus petit bruit à défaut de distinguer, dans le noir, la moindre lumière salvatrice.

D'abord, je ne perçus que le crissement de mes pas, sursautant au simple froissement d'une branche ou au battement d'ailes soudain de quelque oiseau nocturne qui s'envolait à mon approche.

Rien ne peut cependant décrire la frayeur que je ressentis lorsque, au loin, éclata un concert de cris désespérés comme si un chœur de pleureuses avait entonné un air exprimant toute la détresse du monde. Ces cris, pourtant, j'aurais dû savoir qui les poussait, car je les avais déjà entendus, bien qu'ils n'eussent jamais pris un accent aussi tragique. C'était le chant des huards mais, dans les ténèbres, il prenait une tout autre dimension qui n'avait rien à voir avec la présence d'un simple couple d'oiseaux au long bec et au plumage noir tacheté de blanc. Ces cris évoquaient plutôt des lamentations à caractère humain et je ne pouvais m'empêcher de penser que c'étaient celles de tous ces morts qui reposaient au fond des eaux, celles de toutes les victimes de ce lieu maudit.

Les morts clamaient leur douleur et leur désir de vengeance.

La question était de savoir à qui ces anges noirs s'attaqueraient cette fois…

Il faut croire que mon heure n'était pas venue car, à peine les oiseaux se turent-ils qu'une lumière brilla enfin à travers les arbres. *L'Oasis !* pensai-je. *Je suis sauvé et Gaétan aussi…*

Je courus à toutes jambes sans me soucier désormais des branches qui fouettaient mon visage et des racines contre lesquelles je butais. La lumière brillait d'un éclat sans pareil et, bientôt, je vis se profiler un chalet aux formes étrangement familières. Un chalet de bois rond dominant le lac du haut de son promontoire.

Je me figeai sur place. Ce n'était pas la pourvoirie… C'était NOTRE chalet. Par un long détour, j'étais revenu à mon point de départ.

À dire vrai, je n'étais pas aussi étonné qu'on pourrait le croire car, sans oser me l'avouer, je commençais à me demander si je n'étais pas victime d'une sorte de fatalité. Qui sait? Peut-être était-ce mon destin? Peut-être avais-je des crimes à expier, moi aussi? Peut-être que, sans rédemption, je serais condamné à toujours revenir à cet endroit maudit, tel un prisonnier qui ne peut aller plus loin que la longueur de ses chaînes… Bref, l'idée me vint que j'étais en enfer, sauf que cet enfer n'était pas empli de soufre et de flammes, mais avait pris l'apparence de cet humble campe de chasseurs.

Ébranlé par cette pensée, je demeurais là, à fixer la fenêtre qui avait momentanément éclairé ma nuit quand, soudain, la porte du chalet s'ouvrit:

Viateur parut sur le seuil, une lampe-tempête à la main.

— Il y a quelqu'un? C'est toi, le jeune?

Je ne répondis pas tout de suite.

— Oui. C'est moi…

Au récit que je lui fis de l'attaque de l'ourse et de ma vaine tentative pour obtenir du secours, Viateur s'effondra littéralement en se prenant la tête, puis en fixant le corps de Réal toujours allongé sur la table et recouvert d'un drap auréolé d'une grande tache de sang.

— Nous sommes perdus. La malédiction du vieil homme est en train de s'accomplir. C'est lui qui a réveillé le peuple des âmes. C'est lui qui a fait remonter tout ce passé que nous avions effacé de nos mémoires, mais qui a subsisté, quelque part dans le temps ou dans une autre dimension… Cet homme n'était pas comme les autres. À une certaine époque, quand j'enseignais à Amos, les enfants, des Têtes-de-Boule[30], racontaient des histoires de ce genre. Il y avait, sur leur réserve, un singulier vieillard. Un *posapipcike-iriniw*[31], comme ils disaient. Cet homme avait le pouvoir de convoquer les esprits en rêve et l'ordre naturel des choses en était chamboulé. Les songes de ce chaman débordaient dans le réel et envahissaient l'univers comme une maladie épidémique. Les gens en étaient alors réduits à divaguer, perdus à la frontière entre le monde des chimères et celui de leur véritable existence. Pire encore : les arbres, les lacs, les bêtes, la nature entière participaient

30. Ancien nom attribué aux Attikameks par les Blancs.
31. Un chaman en langue attikamek.

à ce délire et à ce grand chaos où tout devenait mirage et faux-semblant jusqu'à rendre fous ceux que le vieux désirait punir. C'est ce qui se passe en ce moment…

Je l'écoutais tout en nettoyant et en pansant mes plaies de mon mieux, mais plus il parlait, moins je voulais céder à la tentation d'attribuer les derniers événements à des forces occultes. Il fallait que Viateur se trompe. Il devait y avoir des explications rationnelles. L'accident de Réal et l'attaque de l'ourse pouvaient être tout bonnement affaires de déveine. Mon inutile randonnée dans les bois, quant à elle, pouvait être attribuée à mon inexpérience. Il n'y avait pas à chercher ailleurs.

Mais l'esprit humain n'en est pas à une contradiction près, si bien qu'alors même que je me rassurais en échafaudant des raisonnements d'une logique apparemment inattaquable, l'idée inverse germait sournoisement au fond de moi: «Et si c'était vrai? Et si des forces invisibles avaient juré notre perte? Et si j'étais, comme Sisyphe[32], chargé du poids

---

32. Personnage mythologique qui fut condamné à éternellement faire rouler un rocher sur une pente. Une fois parvenu en haut avec sa charge, Sisyphe doit continuellement descendre pour reprendre et remonter son rocher qui tombe en bas.

de mes propres péchés et forcé d'expier en errant sans fin autour de ce lac maudit pour revenir invariablement dans ce chalet en attendant de mourir d'une manière aussi atroce qu'imprévisible?

Il était plus de minuit quand je réalisai que j'avais cessé de suivre la conversation de Viateur et que je m'étais assoupi pendant qu'il me racontait ses histoires d'envoûtement.

Abruti de fatigue, je pris congé en bâillant.

— Excusez-moi, je suis épuisé. On reparlera de tout ça demain. Je partirai à l'aube retrouver Gaétan. Réveillez-moi. Vous viendrez?

Viateur ne répondit pas.

Je ne pense pas avoir beaucoup dormi cette nuit-là. Viateur, lui, ne ferma pas l'œil. Chaque fois que je m'éveillais, je l'entendais gémir et marcher de long en large. Il jouait avec la serrure de la porte. Parfois, il sanglotait.

— Ils vont venir! Ils sont là!

Je prêtais l'oreille. C'était encore les plaintes des huards que j'entendais, au loin, sur le lac.

Aux aurores, un claquement de porte me tira brusquement de mon mauvais sommeil.

Je me levai, fourbu et la tête lourde comme si j'avais trop bu.

— C'est vous, Viateur ?

Silence.

Je comptais sur lui pour m'accompagner et m'aider à ramener Gaétan au cas où j'échouerais de nouveau à rejoindre l'Oasis.

Le temps pressait. J'imaginais l'angoisse de ce malheureux, là-bas, transi et ensanglanté, appelant et sifflant régulièrement dans l'attente interminable de secours qui ne venaient jamais. Ce devait être terrible…

Je laissai donc un mot sur la table, pris quelques provisions, ce qui restait de la trousse de premiers soins, une toile de jute et de la corde pour improviser éventuellement un brancard et, pour plus de précautions, j'emportai cette fois une des carabines remisées sous le chalet.

Le temps était gris mais, au moins, il ne neigeait pas. Par contre, un léger brouillard flottait au ras du sol. Mes traces de la veille étaient néanmoins visibles et, de mémoire, je réempruntai sans difficulté le trajet tortueux que j'avais déjà parcouru en faisant, ce coup-ci, l'économie des détours et des erreurs que j'avais multipliés précédemment.

Bref, les choses se présentaient sous un jour à ce point favorable que j'en vins à oublier un peu toutes ces histoires de fantômes et d'esprits vengeurs. J'allais retrouver Gaétan. Il serait sauvé et, si ce n'était par moi, ce serait par l'équipe de secours envoyée à la suite de l'écrasement de l'hydravion. Tout allait rentrer dans l'ordre. Je volerais bientôt vers d'autres cieux et, dès mon retour en ville, j'irais voir Manon avec un bouquet de fleurs. Je lui demanderais pardon. Elle me sourirait…

Pour dire la vérité, je flottais dans un tel climat de confiance que je ne fus même pas surpris de retrouver ce malheureux Gaétan avec la plus grande facilité, comme si une main invisible m'avait guidé jusqu'à lui.

Il était assis contre un arbre et n'avait pas l'air d'avoir souffert autant que je l'aurais cru de sa nuit à la belle étoile. Étrangement, je ne voyais plus de sang sur ses vêtements.

Plus étonnant encore, ses blessures à la tête, à la poitrine et à la cuisse semblaient s'être mystérieusement évanouies.

Il m'accueillit à grand renfort de plaisanteries :

— Alors, te voilà enfin. Tu t'es perdu… J'en étais sûr ! Tu en as mis, du temps. Pour moi, ce n'est pas à l'Oasis que tu es allé. Tu es descendu à La Tuque prendre une bière dans un bar de danseuses…

Une partie de mon cerveau hurlait que tout cela était impossible, mais l'autre désirait tant y croire. J'étais comme ces dormeurs qui entendent la voix de leur propre raison au milieu de leurs songes et qui, néanmoins, sont incapables de s'éveiller. Rien de ce que je voyais ne faisait de sens. Ces blagues malgré le drame. Ce ton désinvolte qui sonnait faux. Et puis, surtout, l'arrivée inopinée de ce VTT à l'enseigne de l'Oasis, ce quatre-roues sorti de la brume et au moteur si silencieux que je ne l'avais pas entendu venir. Sans compter cet étrange chauffeur au visage sans expression qui débarqua de sa machine et, sans un mot, aida Gaétan à embarquer derrière lui.

Oui, cette scène semblait irréelle et j'y assistai en spectateur. Je ne bronchai pas et je répondis même aux signes d'adieu de

Gaétan qui s'accrochait à son sauveur sur le VTT.

— Ne t'en fais pas, le jeune! Je suis en de bonnes mains. Laisse-moi… Repars au campe! Annonce la nouvelle à Viateur. Dis-lui qu'ils vont venir pour s'occuper de vous aussi et de ce pauvre Réal. Tu vois: nos soucis sont terminés… Au revoir, le jeune! Prends garde à toi…

Quel aveuglement de ma part! J'étais si heureux de ce dénouement tant souhaité que je restai planté là jusqu'à ce qu'une dernière image ne me fasse tressaillir. En effet, à l'instant où le véhicule tout-terrain démarra, Gaétan se retourna une ultime fois… Or, il ne riait plus. Au contraire, bouche ouverte, les yeux exorbités, il me fixait comme en proie à une peur grandissante.

Probablement par instinct de survie, je décidai de chasser de mon esprit cette vision dérangeante et, l'esprit rasséréné, je rebroussai chemin en direction du chalet. «Tout, finale-ment, s'est bien passé…» C'est du moins ce que je me répétais sans cesse. Enfin, le cauchemar s'achevait.

Puis, malgré moi, l'impression que quel-que chose clochait finit par l'emporter. Cette fois, tout avait été trop parfait…

J'avais hâte de rejoindre le chalet. Peut-être que la police et les secouristes étaient déjà sur les lieux. Ou peut-être pas du tout…

Une heure plus tard, j'étais sur place. Je poussai la porte.

Personne.

Une odeur tenace de gaz propane flottait dans les airs. J'appelai Viateur.

Il semblait absent.

Je remarquai tout de suite que le cadavre de Réal n'était plus couché sur la table… Il y avait du sang sur le plancher. Viateur avait dû sortir le corps, incapable de supporter sa présence plus longtemps. Mais qu'en avait-il fait ? Et lui-même, où était-il passé ?

Je ressortis. Je le hélai du haut de la galerie.

Toujours personne.

Pas acquit de conscience, je jetai de nouveau un coup d'œil à l'intérieur. Du café tiède sur le réchaud. Le poêle à bois encore chaud. Le lit défait… Il ne devait pas être très loin…

Bon Dieu, où pouvait-il bien être ?

Et puis, soudainement, je vis les casquettes accrochées à leur clou sur la poutre. Il n'y en avait plus deux, mais QUATRE !

Qu'est-ce que cela voulait dire?

Je décidai d'explorer les environs. Toujours aucune trace de l'ex-directeur d'école…

J'allais renoncer quand, en passant sous les piliers métalliques du petit château d'eau qui se dressait à l'arrière du chalet, mon regard fut attiré par la présence d'un escabeau renversé. Que faisait-il là? Sur le sol se balançait également une ombre inhabituelle comme s'il y avait quelque chose de suspendu à une des traverses hautes de la tour.

Je levai les yeux.

Viateur était là, pendu!

Je reculai, horrifié, et me précipitai dans le campe pour trouver au plus vite un couteau et couper la corde de nylon.

L'odeur de gaz avait augmenté au point où, malgré l'urgence, je crus bon d'aérer la pièce en laissant la porte béante et en ouvrant la fenêtre. Cette dernière résista. Le frottement du métal contre le métal produisit-il l'étincelle fatale? Était-ce plutôt les braises qui couvaient dans le poêle?

Toujours est-il qu'une violente explosion déchira l'air. Une explosion dont le souffle me projeta dehors.

V

L'enfer blanc

Quand je repris connaissance, le chalet encore en flammes, toit effondré, achevait de se consumer.

Mes mains étaient brûlées. Mes cheveux sentaient le roussi et la peau de mon visage pelait par endroits.

Je restais là, hagard, couché sur le dos, incapable de remettre mes idées en place.

Le cauchemar continuait.

Une telle série d'accidents tragiques dépassait l'entendement.

Jusqu'ici et contrairement à Viateur, j'avais lutté contre la tentation de sombrer dans l'abîme de mes propres peurs et fantasmes. Mais, cette fois, les dernières défenses de mon esprit cartésien cédèrent et la panique s'empara de moi au point où je n'appréciai même pas le miracle par lequel j'étais encore en vie. Bientôt, je n'eus plus qu'une seule pensée structurée: si je voulais survivre, il fallait fuir. Rompre le cercle infernal. Briser le miroir des apparences pour retrouver, coûte que coûte, le monde des hommes.

Pas question, évidemment, de repartir en quête de l'Oasis. Il me fallait autre chose qu'un mirage. Je devais me raccrocher à un but tangible, solidement ancré dans la réalité.

Or, quel était l'endroit habité le plus près vers lequel me tourner? Un nom s'imposa d'emblée: Obedjiwan, la réserve attikamek où nous avions fait escale en montant au chalet. Ce village-là, j'en étais sûr, existait bel et bien. Il n'était pas un simple point sur la carte. Je l'avais vu de mes yeux. J'avais foulé son sol. De plus, à vol d'oiseau, ce n'était pas si loin. En canot, nous n'avions mis que quelques heures pour faire le trajet de là-bas jusqu'au campe… Par la forêt, bien entendu, ce serait une autre affaire. Je présumais peut-être de mes forces…

Mais je n'avais pas le choix.

Avant d'entreprendre cet ultime voyage pour me libérer de cet endroit maudit, il me fallait un minimum d'équipement. Je fouillai donc dans les décombres pour voir si je pouvais récupérer quelque objet utile. L'incendie avait été si intense qu'il ne restait pas grand-chose. Le château d'eau avait été renversé. Tout était calciné et les cadavres de Réal et Viateur avaient sans doute, eux aussi, été dévorés par le brasier.

À l'écart, je tombai sur la remise qui avait été épargnée. Je fis sauter le cadenas abîmé par l'explosion et inspectai le bric-à-brac qu'elle contenait. Je pus réunir ainsi une vieille traîne sauvage, un *mackinaw*[33] usé, une paire de bottes sauvages, des gants de cuir perlés à l'indienne, des raquettes à neige, une hachette, une boîte d'allumettes, un bidon de kérosène à moitié vide, un couteau de pêche pour fileter les poissons, une nappe de plastique, quelques boîtes de conserve rouillées et, surtout, une antique carte géographique de la région, la mienne ayant disparu dans le sinistre.

C'était plus que je n'avais espéré.

---

33. Manteau de bûcheron trois quarts en toile doublée de mouton.

La neige, par contre, s'était remise à tomber. Une neige lourde et mouillée qui collait aux vêtements et qui retarda mes préparatifs.

Mon plan, quitte à me rallonger, était de ne pas trop m'éloigner des rives du lac que je longerais vers l'ouest. Ainsi, je ne risquerais pas de me perdre de nouveau en me trompant de chemin forestier et en me retrouvant au milieu de nulle part.

Je n'attendais plus qu'une embellie pour m'atteler à mon toboggan[34] bien chargé et décamper sans regret.

Malheureusement, loin de s'améliorer, le temps vira à la tempête de neige et les lourds flocons cédèrent leur place à de fins cristaux de glace que le vent soufflait presque à l'horizontale et qui crépitaient sur la tôle du toit du cabanon comme si on jetait dessus des poignées de sable.

Mon principal souci était la visibilité devenue presque nulle.

J'aurais pu patienter une journée supplémentaire à l'abri du cabanon à attendre d'hypothétiques secours, mais mon désir impérieux de quitter les lieux fut le plus fort.

---

34. Traîneau long et étroit sans patins. Synonyme de traîne sauvage.

Au début de mon odyssée, la neige fraîchement tombée ne fut pas un obstacle. Au contraire, en s'accumulant dans le sentier de trappe que je suivais, elle facilitait la glisse de mon traîneau.

Puis, les heures passèrent et elle s'accumula étonnamment jusqu'à la hauteur de mes genoux, ce qui me força à chausser les raquettes. L'étroitesse du passage rendait ma marche des plus hasardeuses et j'avais l'impression d'avoir un boulet à chaque pied. Je m'enfargeais sans arrêt. Je tombais. Je me relevais pour tomber de nouveau. Je finis donc par abandonner le sentier pour gagner la grève qui offrait un terrain plus praticable, bien qu'à découvert et fort exposé aux rafales.

Au bout de quelques milles, je grelottais déjà de froid sous ma veste doublée de peau de mouton. De plus, la corde que je tirais me cisaillait l'épaule et je ne sentais plus le bout de mes doigts.

Je m'arrêtai et ôtai mes gants pour enfoncer mes phalanges gelées dans ma bouche et frotter vigoureusement mes mains l'une contre l'autre. Mes pieds, également, avaient dû commencer à geler, car j'avais beau remuer mes orteils, je ne les sentais plus.

Je me réattelai à ma traîne et, plié en deux, je repartis, ahanant sous l'effort et suant à grosses gouttes malgré le froid mordant.

Le premier jour, d'après mes estimations, je parcourus à peine quelques milles avant de m'effondrer, mort de fatigue. Grâce à la toile cirée que j'avais emportée, j'arrivai néanmoins à me bâtir une tente de fortune près de laquelle j'empilai un tas de branches que j'arrosai de pétrole avant de gratter une allumette. Les flammes jaillirent, comme sorties d'une boule de feu et je dus faire un saut en arrière pour ne pas être transformé en torche vivante. Toutefois, comme le bois était mouillé, le feu étouffa rapidement et, somme toute, je réussis à produire plus de boucane que de chaleur. Je parvins à peine à me réchauffer les mains…

Il neigeait toujours.

La couche de neige devint bientôt si épaisse que je pus y creuser une sorte de cuve au pied d'une épinette. Je m'y tapis sur un lit de branches de sapin en me couvrant de ma nappe de plastique.

Ainsi protégé, je réussis à dormir un peu, bien que mon état de somnolence n'ait rien eu à voir avec un sommeil réparateur et fut plutôt le résultat du lent engourdissement qui me gagnait dangereusement.

Le lendemain, je me rendis compte que j'avais effectivement surévalué ma résistance physique. Je me réveillai si faible que je fus dans l'incapacité de bouger mon traîneau et qu'il me fallut dépenser une énergie folle pour l'arracher à la gangue de glace dont il était prisonnier.

Je me remis en route en ignorant qu'une mauvaise surprise m'attendait. Une montagne qui plongeait à pic dans les eaux du lac me barrait le passage et la glace était trop mince pour que je contourne l'obstacle en m'aventurant sur les bordages[35].

Il n'y avait donc pas d'autre solution que d'escalader ce sommet abrupt. Une journée entière à grimper avec de la neige jusqu'aux cuisses. Une journée à haler mon traîneau qui s'accrochait partout et menaçait de verser à tout instant.

C'est seulement en atteignant de peine et de misère le sommet que je découvris que j'avais perdu presque toutes mes provisions qui, mal arrimées, avaient dévalé au pied de la montagne. J'aurais pu redescendre à la

---

35. Glace qui se forme au bord des lacs et des rivières.

recherche de mes précieuses conserves. Je n'en eus ni la force ni la volonté. De toute manière, elles étaient probablement enfouies dans la neige et seraient introuvables.

Assis sur ma traîne, aussi découragé qu'exténué, je méditais depuis un moment sur l'ampleur de cette perte quand je compris soudainement où je me trouvais…

Un incroyable hasard m'avait conduit à l'endroit exact où, quelques jours auparavant, Réal et Gaétan s'étaient disputé la dépouille et le panache du monstre d'Obedjiwan. Plus stupéfiant encore: la carcasse de l'élan géant était toujours là et plusieurs de ses os étaient suspendus à un arbre[36]. Le reste de la dépouille, en partie ensevelie dans la neige, avait été dévorée par les loups et autres charognards. L'immense panache, cependant, était intact et bien visible, déployé dans toute sa splendeur.

J'empoignai mon couteau avec l'intention de découper des lambeaux de chair sur ce qui subsistait de la bête, mais il n'y avait que peu de viande et celle-ci était complètement gelée. Je renonçai aussitôt à en consommer.

---

36. Suspendre les os d'un animal tué était une coutume autochtone. C'était la part réservée aux dieux et aux esprits de la forêt.

Par contre, ce que je fis ensuite défie toute logique. En effet, au moment où j'allais entamer ma descente sur l'autre versant de la montagne, je fus saisi de remords et retournai vers l'animal que la neige achevait de recouvrir de son linceul et, d'un coup de hachette, je détachai les bois de l'orignal déjà en partie sciés par Réal.

Le panache était vraiment d'une taille exceptionnelle et, dans les circonstances, l'emporter était pure folie. J'aurais probable- ment dû le laisser là ou peut-être le mettre en pièces pour conjurer le mauvais sort qui s'acharnait sur moi, mais cette évidence ne m'effleura même pas l'esprit.

Inutile de dire que ma progression à travers les ronciers, les halliers de trembles et les boqueteaux de jeunes érables ne fut pas facilitée par ce nouveau fardeau plus qu'encombrant.

Descendre la montagne se révéla tout aussi pénible que la gravir. Emporté par son poids, je devais sans arrêt retenir ma traîne sauvage. Je glissais sur le derrière. La corde tendue à se casser filait entre mes doigts. Dans ma course, je perdis une de mes raquettes, me cognai aux arbres et manquai

107

de m'éborgner aux branches basses qui me labouraient et me fouettaient le visage.

Malgré tout, j'arrivai en bas. Fourbu, écorché un peu partout, mais sain et sauf.

La traîne, par contre, avait souffert. Une de ses lisses s'était brisée et, au pied de la pente, elle avait pris une telle vitesse qu'elle m'avait échappé pour piquer du nez dans un banc de neige où elle s'était enfoncée si profondément que je désespérais de pouvoir l'en extirper.

À bout de forces, je décidai donc de m'accorder une pause avant de me remettre à la tâche.

Je réussis finalement à libérer le traîneau et, arc-bouté comme une bête de trait, je parvins à avancer de quelques pas. Sans raquettes, je devais monter les genoux très haut pour avancer et chaque enjambée me demandait un effort démesuré.

Heureusement, la tempête s'était apaisée et le soleil était réapparu. Un soleil blanc qui faisait étinceler la neige sans, hélas, réchauffer l'air toujours aussi glacial.

Je rejoignis de peine et de misère le bord du lac qui s'arrondissait en une vaste baie en partie gelée. La blancheur immaculée de cette étendue vide était aveuglante. Si aveuglante que je devais régulièrement fermer les yeux pour ne pas être ébloui. Si aveuglante qu'au bout de quelques heures, je ressentis les premiers symptômes d'un mal nouveau. Des points lumineux qui dansaient au fond de mon œil. Puis un voile blanc. Et tout à coup... les ténèbres.

J'étais aveugle. La cécité des neiges, comme je l'appris plus tard. J'ignorais que ce genre d'ophtalmie était généralement temporaire. Du coup, au comble de l'affolement, je perdis la corde que je tirais et me mis à marcher en titubant, bras en avant, dans l'espoir de retrouver à tâtons ma traîne et mon chargement.

Je dus faire un écart, car je ne les retrouvais pas. Je fis encore quelques pas au hasard et me rendis compte que j'évoluais maintenant sur la fragile couche gelée qui bordait le lac. Au fracas de la glace qui craquait sous moi, je réalisai le danger et voulus faire demi-tour.

Trop tard. La surface céda et je plongeai dans l'eau glacée jusqu'à la taille.

Cela me prit au moins cinq bonnes minutes pour me tirer de cette fâcheuse position. Me hisser d'abord hors de l'eau en m'aidant de mes coudes. Ramper ensuite à l'aveugle pour trouver la rive et là, complètement frigorifié, battre des bras et sautiller sur place pour tâcher de me réchauffer.

C'était inutile. Je claquais des dents et tremblais de tous mes membres. À quatre pattes dans la neige, je cherchai de nouveau mon traîneau dans toutes les directions avec une seule idée en tête : faire du feu, me déshabiller et faire sécher mes vêtements mouillés qui commençaient à durcir sur moi.

Sans feu, j'étais perdu.

À force de chercher désespérément ce maudit toboggan, je finis par le trouver. Fébrilement, je fouillais sous la bâche de toile cirée pour mettre la main sur la boîte d'allumettes et, toujours à l'aveuglette, je réunis tout ce qui pouvait brûler : le reste de pétrole, la raquette qui me restait, la vieille carte et, pourquoi pas, le panache…

Mais ce dernier avait disparu…

Je retirai mes gants et je grattai une allumette. Elle se brisa net. J'en grattai une seconde. Trop humide, elle refusa de s'enflammer. Une à une, je les frottai avec l'énergie du désespoir sur le même grattoir… avec le même insuccès. Mes doigts nus étaient devenus si gourds et je tremblais si fort, que tenir ces fragiles bâtonnets de bois soufrés m'était presque impossible.

Il ne me resta bientôt qu'une seule allumette. Je la gaspillai comme les précédentes, serrant les poings de rage.

Cet ultime échec me déprima tellement que je renonçai à lutter et demeurai là, recroquevillé, sans bouger, les yeux clos.

À mesure que le froid me pénétrait, je me sentais envahi par une sorte de torpeur qui se transforma peu à peu en une irrésistible envie de dormir.

La vie se retirait lentement de moi et chaque partie de mon corps devenait insensible à mesure que mon cœur affaibli cessait de les irriguer.

Je suis en train de m'éteindre, fut la dernière pensée qui me traversa l'esprit avant de sombrer dans l'inconscience, ou plutôt de glisser dans un gouffre noir que je devinais en tout point semblable à la mort.

Combien de temps demeurai-je dans cet état de paralysie cérébrale absolue? Je l'ignore. Ce que je sais, c'est qu'au terme de ce voyage aux frontières du néant, miraculeusement, mes fonctions vitales se ranimèrent peu à peu. Des sons diffus d'abord… Le sang qui se remit à circuler dans mes veines, inondant mon corps d'une chaleur grandissante… Des picotements douloureux aux pieds et aux mains… Des lueurs… Une forme vague penchée sur moi. Un visage aux traits flous qui se précisa quand j'entrouvris mes paupières scellées par le givre.

Une voix, à la fois proche et lointaine, me murmura :

— Bois. C'est une tisane qui redonne des forces.

Je sentis le bord d'une tasse entre mes lèvres et un liquide brûlant qui se répandit en moi, m'apportant un incroyable réconfort.

Je clignai des yeux pour mieux distinguer l'homme qui se tenait accroupi devant moi, entretenant un feu vif en y jetant régulièrement des poignées de copeaux de cèdre et des herbes sèches qui dégageaient une odeur entêtante.

Malgré tout, l'image de mon sauveur restait vague, comme si un voile épais flottait entre moi et l'inconnu.

— Qui êtes-vous ? bredouillai-je.

L'homme continua d'alimenter son feu sans rien dire. J'avais beau me concentrer, sa silhouette était trop indécise pour que je puisse l'identifier clairement. Une seule chose me semblait évidente : il s'agissait d'un vieillard.

Or, plus je l'observais, plus j'avais l'intime conviction de l'avoir déjà rencontré. Un Autochtone. Oui, c'était bien un Amérindien. Et soudain, j'eus une révélation.

C'était LUI! Le vieil Indien qui avait frappé à la porte du chalet et à qui nous avions refusé une nuit au chaud.

— C'est vous, n'est-ce pas?

Le vieil homme ne broncha pas. Je le vis seulement se déplier avec difficulté pour se lever.

Je voulus le retenir.

— Attendez, pour l'amour de Dieu! Attendez!

Mais lentement, très lentement, comme dans un rêve, il s'éloigna ou, plus précisément, il sembla se fondre dans le décor de neige inondé de lumière trop vive qui s'étendait à perte de vue autour de moi.

Je dus m'évanouir de nouveau. Et cette fois, ce fut un grondement formidable qui éveilla mes sens. Un bruit de moteur et de pales d'hélice qui brassaient l'air en soulevant des tourbillons de neige poudreuse.

À quelques mètres de moi, un hélicoptère venait d'atterrir. Deux secouristes portant un brancard en sortirent. Je levai les bras afin de signaler ma présence. Geste inutile. Ils m'avaient vu et, courbés pour éviter le souffle puissant du rotor, ils avançaient vers moi. Bien réels.

L'un d'eux me serra la main. L'autre me frappa amicalement le dos.

— Ça va? On vous a enfin retrouvé. Vous avez eu plus de chance que vos amis… Il faut vous accrocher. On va vous faire une piqûre. Votre pouls est pas mal bas et vous souffrez d'hypothermie grave. Surtout, restez avec nous, monsieur. Vous allez vous en tirer…

Ils me soulevèrent et m'enveloppèrent dans une sorte de couverture isolante qui ressemblait à une feuille d'aluminium doré, puis ils me transportèrent jusqu'à leur appareil qui décolla dans un rugissement d'enfer.

Je demandai à mes sauveteurs:

— Et le vieil homme… Vous avez vu le vieil homme? C'est lui qui vous a prévenus?

À leur réaction, je compris qu'ils ignoraient de qui je pouvais bien parler. J'insistai mais, de toute évidence, on mit mon obstination sur le compte du délire.

L'hélicoptère, avant de prendre de l'altitude, survola le lac. La dernière vision que j'en eus fut celle d'un couple de huards qui, dans la partie libre de glace, battaient des ailes le bec levé vers le ciel.

Après cela, je sombrai dans un sommeil profond.

Quand je me réveillai, j'étais à l'hôpital.

Assise dans un fauteuil près de la fenêtre de la chambre, Manon était à mon chevet. Elle me tenait la main droite, ses doigts entrelacés aux miens. Elle devait être là depuis des heures à voir ses yeux cernés par la fatigue.

Elle me sourit.

— Comment ça va ?

— Pas trop mal… Je suis content que tu sois là…

Je sortis de sous les draps mon autre main. Elle était enveloppée dans un épais pansement.

Manon prit un air navré.

— Ils ont dû t'amputer plusieurs phalanges et le gros orteil du pied droit. Tu avais aussi de grosses engelures. D'après le médecin, tu l'as échappé belle…

Je ne l'écoutais plus. Je la regardais. Si jolie dans son chemisier blanc avec ses cheveux blonds frisés et son long cou délicat de reine égyptienne.

Elle s'aperçut qu'elle parlait dans le vide et s'interrompit, une lueur d'angoisse dans ses magnifiques yeux bleus. Je portai sa main à mes lèvres et l'embrassai.

— Pardon.

Elle me sourit de nouveau avec juste une pointe de tristesse qui me laissa à penser que même si elle m'aimait encore, il faudrait du temps pour que le souvenir de nos déchirements s'efface et que le bonheur revienne vers nous sur la pointe des pieds. Mais après ce que j'avais vécu, j'étais résolu à y travailler de toute mon âme.

Elle se leva sans lâcher ma main tout de suite.

— Je reviendrai demain.

— Promis ?

— Juré.

Elle m'embrassa sur les lèvres avant de quitter la chambre.

Manon venait à peine de partir quand une infirmière entra. Elle prit ma pression et me montra le journal posé sur la table près de mon lit.

— Vous avez vu, on parle de vous dans *Le Nouvelliste.*

Une fois seul, je tendis le bras pour attraper le quotidien. Un gros titre s'étalait en première page :

TERRIBLE TRAGÉDIE AU RÉSERVOIR GOUIN : DEUX MORTS DE PLUS !

Tout le monde se souvient du terrible accident qui, dimanche dernier, a coûté la vie à deux pilotes partis secourir un chasseur blessé dans les parages du lac Kawawiekamak, une des innombrables étendues d'eau du réservoir Gouin, au nord-est d'Obedjiwan.

Or, la deuxième équipe de secours envoyée sur place vient de faire une série de découvertes macabres.

En effet, Réal Boulé, le chasseur qui devait être évacué à la suite d'un accident de chasse, a apparemment péri dans l'incendie du chalet où il se trouvait au moment où a été capté le signal d'une balise de détresse. En outre, on a retrouvé dans les décombres un second cadavre méconnaissable qui pourrait être celui de Viateur Villedieu, un ex-directeur d'école qui participait à la même expédition de chasse.

117

La police s'interroge sur les circonstances de ce drame. D'autant plus que nous sommes sans nouvelles d'un autre membre de ce groupe, Gaétan Brochu, ingénieur à la retraite.

On aura peut-être la clé de toute cette affaire lorsque les autorités policières pourront interroger le quatrième acteur de cette suite d'événements tragiques, monsieur Justin Francœur. En effet, monsieur Francœur, perdu en pleine nature sauvage, a miraculeusement échappé à une mort certaine après avoir été repéré par un hélicoptère de secouristes.

C'est à suivre...

À peine avais-je replié le journal qu'un grand gaillard vêtu d'une gabardine et d'un chapeau de feutre entra malgré les protestations de la garde qui lui rappela que l'heure des visites était passée.

— Ce ne sera pas long ! se défendit-il. Juste une ou deux questions à lui poser.

Je devinai qu'il s'agissait d'un inspecteur de police.

Il se présenta en soulevant son couvre-chef.

— Constable Sauvageau de la Sûreté du Québec. Excusez-moi de vous déranger. Je sais que vous avez subi un gros choc. J'aimerais seulement que vous m'apportiez certaines précisions afin d'achever mon rapport.

Je l'invitai à s'asseoir. Il me remercia et sortit son calepin.

— Vous savez, on a beaucoup parlé de votre mésaventure. Vous pensez: une partie de chasse qui se termine par tant de morts, sans compter le décès des pilotes. Les experts dépêchés sur place ont plus ou moins réussi à reconstituer le fil de ce qui s'est passé. Un blessé accidentellement par balle. Une bombonne de gaz qui explose toujours par accident et provoque un incendie. Jusque-là, c'est dans l'ordre du possible. Simple coïncidence malheureuse. Ce que je comprends moins, c'est le suicide de votre ami Viateur, car votre ami s'est bien pendu avant que le chalet ne brûle... N'est-ce pas?

— Ce n'était pas mon ami. Viateur était très angoissé. D'ailleurs, nous avions tous peur...

— Mais de quoi?

— Difficile à expliquer... C'était si bizarre...

Je fus tenté d'évoquer la malédiction de notre mystérieux visiteur du soir ou encore le cri ensorcelant des huards, mais je préférai m'abstenir, craignant de passer pour un malade mental.

Le policier arrêta de griffonner dans son carnet et me fixa droit dans les yeux.

— Oui, vous avez raison. Il s'est vraiment passé des choses bizarres là-haut. Une telle accumulation de morts violentes, cela défie la raison. Incroyable. Un homme blessé mortellement… avec son propre fusil d'après la balistique… Un autre qui met fin à ses jours. Un troisième qui disparaît…

— Il a été victime d'un ours et j'ai tenté de lui venir en aide.

— Oui, c'est ce que nous avons compris… Je n'en reviens pas. Savez-vous combien on compte de victimes de ce genre d'attaques par année ? Non ? Pas plus d'une ou deux[37].

Je l'interrompis.

— Comment va-t-il ?

L'inspecteur prit un air surpris et se frotta le menton, embarrassé.

---

37. Selon les statistiques disponibles, en 20 ans, de 1983 à 2000, on ne recensa que deux décès dus à ce genre d'agression. Les risques d'être mordu par un chien, renversé par une auto ou même frappé par la foudre sont plus élevés que d'être attaqué par un ours noir, bien que ce dernier demeure une bête dangereuse, surtout quand il s'agit d'une femelle accompagnée de ses petits.

— Comment, vous n'êtes pas au courant?

— De quoi?

— Nous l'avons retrouvé il y a environ deux heures. Il est mort, lui aussi, de ses blessures. Il n'était pas beau à voir. Les loups et les corneilles l'avaient à moitié dévoré.

Je me dressai dans mon lit.

— Ce n'est pas possible! Il a été secouru par le personnel de l'Oasis. J'étais là. Je l'ai vu de mes yeux vu.

Perplexe, l'inspecteur Sauvageau me conseilla de me calmer.

— Vous avez dû être victime d'hallucinations. Il est impossible qu'un employé de l'Oasis ait porté secours à qui que ce soit, et cela pour une simple raison…

— Et laquelle?

— La pourvoirie de l'Oasis n'existe plus, lança-t-il en se dirigeant vers la sortie. Elle a fermé ses portes il y a deux ans. Des squatters s'y étaient installés et elle a été rasée par les flammes… Bon, je crois que je vais vous laisser vous reposer. Je reviendrai… Une dernière petite question cependant: pourquoi êtes-vous parti du chalet, comme ça, en pleine tempête, au lieu de rester sur place? Après l'écrasement de l'avion, vous auriez dû vous douter que des secours finiraient bien par être envoyés.

Je décidai de ne pas répondre et il allait franchir la porte quand je le rappelai pour lui poser, à mon tour, deux questions qui, apparemment, achevèrent de le convaincre que je n'avais plus toute ma tête.

— Et le vieil Indien qui m'a fait du feu et m'a fait boire une tisane, vous savez ce qu'il est devenu? Je voudrais tellement le voir, le remercier. Sans lui, je serais mort…

Cette fois, le policier parut agacé.

— Mais de quel Indien parlez-vous? Il y a bien ce vieil Attikamek un peu sorcier qui s'est aventuré à poser des pièges dans le bout du lac Omina, il y a quatre ou cinq jours… Seulement, il n'a pas eu la même veine que vous. Il est mort gelé et c'est un trappeur de sa bande qui l'a retrouvé en relevant sa propre ligne de pièges, pas tellement loin de votre chalet. Quand on vous a retrouvé, vous étiez seul et dans un tel état que, quelques heures de plus et vous y passiez. Vous avez sûrement rêvé de votre bonhomme. Il paraît que, lorsqu'on frôle la mort à cause du froid, on a parfois de ces visions fantasmagoriques… Oui, vous avez rêvé…

À la façon dont il prononça cette dernière phrase, je compris qu'il voulait dire : «Vous divaguez.»

Je secouai la tête et le priai d'oublier ce que je venais de lui demander.

— Vous êtes sans doute dans le vrai, j'ai dû rêver… Une dernière chose pourtant : au moins, avez-vous trouvé mon traîneau et le panache d'orignal ? Finalement, tout ce qui est advenu est un peu de sa faute.

Le policier soupira.

— Non. Il n'y avait pas de panache dans vos bagages.

Je protestai.

— Voyons, vous ne pouvez pas avoir manqué un trophée pareil. Des bois de près de six pieds de large avec pas loin de soixante pointes ! Les bois du MONSTRE D'OBEDJIWAN !

L'inspecteur Sauvageau haussa les épaules.

— Écoutez, je n'ai pas de temps à perdre avec votre histoire de panache et vos vantardises de chasseur ! Gardez ça pour vos compagnons de taverne. Le monstre d'Obedjiwan, ça fait des années qu'on en parle dans le coin. Je ne sais plus combien de gens dans votre genre prétendent l'avoir vu. Les plus menteurs l'ont tiré et manqué de justesse. J'avoue que j'ignore dans quelle catégorie vous classer… En tout cas, vous avez une sacrée imagination!

Bien des années après, je suis retourné au réservoir Gouin. Par curiosité ou pour exorciser une bonne foi mes terreurs passées. Je n'en sais pas plus… J'ai cherché la tombe du vieil Indien dans le cimetière d'Obedjiwan. Personne n'a pu m'indiquer où elle était et nul ne se souvenait de cette histoire. J'ai voulu également me recueillir sur les ruines du chalet. Les fardoches avaient tout envahi et seules quelques pièces de bois noirci et des bouts de ferraille tordus attestaient qu'un incendie avait bien eu lieu. Un instant, je me demandai: «Ai-je vraiment vécu tout cela?»

J'allais quitter les lieux quand je marchai sur un bout de poutre qui éveilla ma curiosité. Je le retournai: cinq crochets rouillés y étaient fixés et sur quatre d'entre eux étaient encore accrochés des casquettes à palette qui tombèrent en morceaux dès que je voulus les décrocher.

Je fus saisi d'un grand frisson et, avant de regagner mon canot, je jetai un dernier regard autour de moi. Près de la rive, deux points noirs attirèrent mon attention. Un couple de huards accompagnés de leurs petits qui, à ma vue, se mirent à pousser leur cri sinistre.

Je plongeai ma pagaie dans l'eau et décampai au plus vite sans me retourner.

TABLE DES CHAPITRES

Daniel Mativat

Né le 7 janvier 1944 à Paris, Daniel Mativat
a étudié à l'école normale et à la Sorbonne
avant d'obtenir une maîtrise ès arts à l'Université du Québec à Montréal et un doctorat
en lettres à l'Université de Sherbrooke (voir
MATIVAT, Daniel. *Le métier d'écrivain au
Québec (1840-1900)*, Montréal, Triptyque,
1996). Il a enseigné le français pendant plus
de 30 ans tout en écrivant une cinquantaine
de romans pour la jeunesse. Il a été trois fois
finaliste du prix Christie, deux fois du Prix
du Gouverneur général du Canada et une
fois du prix TD. L'auteur habite aujourd'hui
Laval et est l'heureux grand-père de deux
petites filles, Clarisse et Adèle.

COLLECTION CHACAL